作家との遭遇

沢木耕太郎著

新潮社版

11599

作家との遭遇＊目次

作家との遭遇

必死の詐欺師《さぎし》　井上ひさし

1

ある時、私は出版社内の小部屋で原稿を書いていた。締切りに追われ、執筆のための用具一式をバッグにつめ、家を出てきていたのだ。

小部屋といっても、その言葉から想像されるような旅館風の落ち着いた空間といった気のきいたものではない。編集部の横にある作業場とでもいうべき雑然たる部屋だった。資料の古雑誌や反古《ほご》の紙が散乱し、ノリやハサミやモノサシが転がっている。そんな中で昼も夜もなく遅々として進まぬ原稿を書きつづけていると、もうどうにでもなれといった捨鉢《すてばち》な気分になってくる。

その日も、午前零時をすぎてひとり白い原稿用紙に向かっているうちに、やがて地球が破滅するものならいますぐそれをしてもらおうではないか、といった暗く陰鬱《いんうつ》な気分になってきた。その時である。

れ、

「やってますなあ」

のんびりした声が聞こえてきた。ドアを少し開け、セーター姿の男性が首だけ出してのぞきこんでいる。一面識もない相手だったが、妙になつかしい相手のように思われ、

「ええ、やっとります」

と調子よく答えた。答えて、しばらくしてその人が井上ひさしであることに気がついた。井上さんも向いの小部屋で原稿を書いていたのだ。

そこで殆《ほとん》どそのままの姿勢で僅《わず》かな時間だが雑談をした。内容はすっかり忘れてしまったが、話をしているうちに気分が次第によくなっていったことだけはよく覚えている。安らかになった。ひとつには、この深夜に自分と同じように悪戦苦闘している人物が少なくともひとりはいるということに慰められるものを感じたからだろう。だが、心が安まるように思えたのはそれだけが理由ではない。井上さんの声そのものに、私を安心させる何かが含まれていたのだ。

「どちらが早く終わるか競争でもするとしますか」

どちらからともなくそういうことになったが、井上さんが自分の部屋に戻っていったあと、なぜか私の原稿執筆は快調に進行し、それから数時間後にはすっかり書きあ

がってしまったのである。意気揚々と井上さんの部屋のドアを開け、首だけ突込んで、私は挨拶《あいさつ》をした。

「それでは、お先に失礼します」

すると、井上さんはこちらが狼狽《ろうばい》してしまうほど心細そうな声で、

「もうお帰りになりますか……」

と言うのである。瞬間、私はひどく悪いことをしているような気がして、井上さんが書き終わるまで、もう一度自分の部屋に戻り鉛筆を削ったり清書をしたりして時間を過ごさなくてはいけないのではないか、となかば真剣に悩んだものだった。そしてこの時、やはり、と思ったものである。やはり、井上ひさしの第二の天職は詐欺師であるにちがいない、と。

2

井上さんが文筆家になっていなかったとしたら、果たしてどんな職業についていただろうか。どんな職業が適していただろうか。井上さんにとっては大きなお世話というところだろうが、お世話を承知で勝手に考えれば私の答えはどうしても詐欺師に落

ち着いてしまう。井上さんに会う前から、そう思い込んでしまっていた。個人的に金を借り倒されたというのでもなく、写真と文章を通じてでしか知らない人に対して何たる無礼、とは思うのだが、どういうわけか井上さんと詐欺師とがごく近しいものとして、私には印象づけられているのだ。何故《なぜ》だろう。我ながら不思議だが、じっくり考えてみればいくつかの理由が思い浮かばないわけではない。

たとえばエッセイである。

井上さんの長編エッセイ『家庭口論』や『ブラウン監獄の四季』などに特徴的なのは、そこに登場する井上ひさし、つまり「私」に独特のしかけが施されていることだろう。極めてフィクショナルな存在として「私」はある。少なくとも等身大ではない。どのような書き手にとっても、自身を等身大に描くのは困難なことであろう。だが、井上さんははじめから等身大に描くことを放棄しているかに見える。それは井上さんが自己を描く時には、自己を描くことそのものが目的ではないからだ。自身の真実などどうでもよい、とひとまず言い得るだけの積極的な断念が井上さんにはあるようなのだ。窮極の目的は別にある。

《パロディを武器とする者は、決して時めいていてはならない。いつも〈卑小なもの〉でいなくてはならない。古人が言ったように、道化役がしばしば他人を笑わせるのは自分をとるに足りない者だ、と思いつづけているからなのである》(「パロディ思案」)

笑いを生むという確固たる目的のために、井上さんがエッセイの中で行なったことといえば、まず最初に自らを「とるに足りない者」と設定することであった。虚構としての「私」を文中に仕掛けることであった。

このようなしかけをもったエッセイの、書く者と読む者の関係は、あたかも詐欺師とそのカモの関係を思わせるものがある。笑いを金、あるいは利益一般と置き換えれば、構図はぴたりと重なり合う。

欺《あざむ》くためにはしかけが必要だ。しかけなしに欺くには、自身が自身に欺かれていなくてはならない。詐欺師におけるしかけも、まず第一に「私」に施される。詐欺師は、金という目的のために、状況に応じて自分を自由に虚構化する。カモの前に提示されるのは常にフィクショナルな「私」にすぎない。

井上さんのエッセイにおける「私」も、大方の詐欺師の「私」も、どちらも虚構である。どちらの「私」にも真実はない。しかし、虚構の「私」を演じているもうひとつの「私」の中には、ある真実がこもってしまう。「金持ちの孤老」という虚構を見事に生き抜き、数十人から六百万余を詐取した老婆《ろうば》が、実はその金の殆どすべてを

「金持ちの孤老」の虚構を維持させるための運転資金にのみ使っていたという詐欺事件があった。自分のためには着物を一枚とショールどめ一つしか買わなかった。「金持ちの孤老」は明らかに虚構だったが、それを必死に演じつづけていた老婆に真実がなかったわけではない。

井上さんのエッセイには、この「詐欺師の真実」とでも呼ぶべきものと、ごく近いものが存在するように思えてならないのだ。

たとえば小説である。

井上さんが創《つく》り出した小説の主人公たちには、その行動に独特のひとつの型がある。『モッキンポット師の後始末』でも『手鎖心中』でも『青葉繁《しげ》れる』でも、主人公たちは彼らの生きている世界に関わろうとする時、冗談・イタズラ・ウソ・ペテン・詐欺、といった系列の行動を主としてとってしまう。とらざるをえない者たちとして生み出されている。

《拙作中の主人公たちはみな例外なく、ドジ、イモ、サバ、三流、間抜け、莫迦《ばか》もの、という仕儀とはあいなる》（「私のヒーローモッキンポット師」）

しかし、このような井上さんの主人公たちの詐欺的行為は、多くが失敗する運命にある。にもかかわらず、彼らは小さな悪意とそれに数倍する大いなる善意をもって、世界を必死にとびはねるのだ。必死でありながら失敗することで、彼らの詐欺的行為の中に存在する真実が逆に保証されている。井上ひさしの小説におけるひとつの主題は「必死の詐欺師」の「詐欺師の真実」を描くことにあると言えるのかもしれない。その時、これら必死の詐欺師たちはどこかで井上さんの実像につながっていくのだ。

たとえば戯曲である。

多くの戯曲で井上さんが駆使した「分散と集約」という技術は、一流の詐欺師の高等な戦略そのものである。《ある主題について思いついた事柄を、まず第一幕ですべて投げ出してみる。そして、第二幕では、第一幕で投げ出され、抛《ほう》り出され、分散された事柄を出来るだけ手早く掻《か》き集めてみせる》(「七十四歳までに五十本」)

可能なかぎり遠く広くにそれぞれ関係なさそうな真珠をばらまき、それを一瞬のうちに一本の糸でつないでしまう。「分散と集約」こそスティング、騙《だま》しの要諦《ようてい》なのである。その方法論を、井上さんはすでに我がものにしているらしいのだ。

たとえば風貌《ふうぼう》である。

およそ作家の中で井上さんほどどのような職業でも似合いそうな風貌の持主は、他にいないのではあるまいか。野坂昭如《のさかあきゆき》にも作家以外にふさわしい職業はいくつかありそうだが、区役所の戸籍係にはふさわしくない。五木寛之《いつきひろゆき》がストリップの呼び込みをしていても入りにくいし、藤本義一《ふじもとぎいち》がヤキイモ屋のリヤカーを引いていても声をかけにくい。ところが、井上さんならそのすべてに似合い、しかも、銀行で札を数えていてもいいし、スーパーマーケットで棚卸しをしていてもよい。プラットホームで指差し確認を励行《れいこう》していてもおかしくない。

井上さんの風貌はすべての風景に馴染《なじ》んでしまう。特徴的でありながら平凡、平凡にして特徴的。これこそ、詐欺師のようにいくつもの「私」を駆使する者に必須《ひっす》の風貌なのである。

3

さて、かりに井上さんの第二の天職が詐欺師だとして、そのなかでもどんな種類の詐欺師がふさわしいだろうか。寸借サギ、取り込みサギ、籠《かご》抜けサギ、地面師、パクリ屋……。しかし、なによりはまっている役どころは赤サギ、つまり結婚サギのような気がする。井上さんが結婚詐欺師になれば稀代《きたい》の名人になるのではあるまいか。私が出版社で井上さんに会って「やはり」と思ったのは、その勘に誤りがなさそうだったからなのである。

他のサギと結婚サギに異なる点があるとしたら、結婚詐欺師にはとてつもない「マメさ」が要求されるということだろう。虚構を維持するための涙ぐましくもコマメな努力。井上さんは、この「マメさ」において他の人にひけをとるとは思えない。しかも、そしてこれが重要なことだが、かりに結婚サギが露見しても井上さんなら訴えられることもないように思えるのだ。野坂昭如なら訴えられても、井上さんなら被害者の方が自分に非があったのではないかと思ってしまいそうなのだ。あるいはその必死さに免じて許してしまう。露見しても訴えられなければ、それはもう詐欺師の中の名人というべき存在となる。恐らく、失敗しても失敗しても井上さんは結婚サギを繰り返すことができるはずである。あたかも井上さんの主人公たちが無限に失敗を繰り返せるように……。

しかし、現在、井上ひさしは結婚詐欺師にふさわしいその存在と才能のすべてを文筆という業に傾けている。まずは全日本の婦女子にとって慶賀すべきことなのであろうが、いつなんどき、井上ひさしがこの第二の天職を真の天職として再発見しないともかぎらないのだ。その徴候がないわけではない。最新作『さそりたち』では、ついに職業的な詐欺師の集団の研究をするに到《いた》った。ここから結婚サギまでは、ほんの一歩しかない。

もっとも、研究から実行までは五千万歩以上の距離があることも確かである。井上さんにそれを歩き通す気力と体力があった時、そこに一所懸命、必死の詐欺師が誕生することになる。

（一九七九年五月）

青春の救済　山本周五郎《やまもとしゅうごろう》

1

山本周五郎は昭和四十二年、六十三歳で斃《たお》れるまで、三十八巻の全集と全集未収録作品集十七巻に収められるだけの小説を書いてきた。二十代から休むことなく書きつづけてきた作家にとって、それは決して多すぎるというほどの量ではない。開高健《かいこうたけし》が山本周五郎全集の月報で述べているように《晩年の十年ほどに氏は圧倒的な大勝を得た》ことは確かである。しかしその事実は、同時に、作品の多くが文壇的な評価とは別に読者だけに支えられることで書きつづけなくてはならなかった、長い困難な年月が必要だったことをも意味している。山本周五郎は、必ずしも恵まれていたとはいえないその時代を、大衆文学でもなく純文学でもない「文学」の未知の頂に登るという野心を抱きつづけることで、自らを持してきたのだった。

山本周五郎のいわゆる「大勝」の引き金になったのは、昭和三十三年に完結した

『樅ノ木は残った』である。二年後の『青べか物語』が勢いに加速をつけ、『虚空遍歴』『季節のない街』『さぶ』がその勝利を決定的なものにした。

だが、これら山本周五郎の代表作の中で、『樅ノ木は残った』や『さぶ』などが彼の数十年にわたって持続してきた苦闘の果ての勝利の作品と感じられるのに比して、なぜか『青べか物語』だけは他とは異なる独特のにおいを放っている。疑いもなく山本周五郎の作品だが、彼が錬磨《れんま》し、錬磨したあげくに身につけた小説家としての「腕」による作品の世界と、どこかで切れているように思われるのだ。

それは『青べか物語』が時代物ではないからなのだろうか。しかし同じ現代物でも『季節のない街』にはその異質のにおいはない。『青べか物語』よりはるかに現在にちかい現代を扱っているにもかかわらず、『季節のない街』は他の多くの時代物の世界と地つづきの所に在る。あるいは『青べか物語』がノンフィクションであるからなのだろうか。いや『青べか物語』はフィクション以外のなにものでもない。

とすれば、山本周五郎の最高傑作ともいえる『青べか物語』が放っているこの異質のにおいとは、いったい何に起因するものなのであろう。

2

『青べか物語』は、山本周五郎が二十五歳から六歳にかけて浦安で送った一年余の生活と、そこでの見聞をもとに書かれている。

語り手である「私」は青年時代の山本周五郎とほとんど重なり合うが、そこで描かれている「私」の生活は、山本周五郎の実生活と比較すると、惨《みじ》めさという点においてかなりの省略が見られる。山本周五郎の浦安での生活は惨憺《さんたん》たるものであったらしい。それは、没後『青べか日記』と名づけられて公刊された、浦安時代の日記に明らかである。

日記は昭和三年の夏に始まり、四年の秋に終わる。山本周五郎がなぜ浦安に移り住むようになったのか、その間の事情は日記にはしるされていない。東京から友人とスケッチに来て浦安の風景が気に入ったから、という説明がのちになされただけだった。あるいは本当にそれ以外の理由はなかったのかもしれないが、二十五歳の青年が自らの意志で鄙《ひな》びた漁師町に居を移そうとした際に、ロマンティックな幻想を抱いていなかったはずはない。しかし、浦安での日々は必ずしも牧歌的といわれるようなものにはならなかった。気に入ったから移り住んだはずなのに、三カ月目には《早く東京へ帰り度《た》い》（昭和三年十月六日）と日記に書くようになる。

当時、山本周五郎は、外にあってはあまり勤勉でない雑誌編集者であり、家にあっては発表のあてもない創作に熱中する文学青年だった。二十代なかばの彼にとって、人生における大事は文学しかなかった。彼が日記に「為事《しごと》」と書く場合、それは小説や戯曲を書くということと同義であった。何日か創作がうまくはかどらない日がつづくと、たとえその日は会社に出かけて行ったとしても、今日もまた「為事」をしなかったといって嘆くのである。このような青年がやがて会社をクビになるのは、あるいは当然のことであったかもしれない。

昼から出社したり気儘《きまま》に休んだり、会社の勤務状態はかなり怠惰なものであったが、こと文学に関するかぎり、日記上の山本周五郎はとてつもなく勤勉である。「為事」をしなかったといっては自らを叱咤《しった》し、日記を休んだといっては哀《かな》しげな嘆声をあげる。その様は修行僧のようにストイックな印象のものである。しかし、山本周五郎は文学という唯一《ゆいいつ》の信仰の対象を見つけながら、実は深く自分自身に苛立《いらだ》っていた。非凡な才能を持っているはずなのにそれにふさわしい遇され方もせず、何より致命的なことはそれにふさわしい作品が書きあがらないのだ。その苛立ちに抗するために《あいむ・りまあかぶる・ふぇろう》(三年十一月二日)と書きつけ、あるいは《元気を出せ、貴様は選ばれた男だぞ》(三年十一月六日)と自分に呼びかけたりする。しかし、だからといって現状が少しでもよくなるというわけではない。かつて一編の小説と二編の戯曲が雑誌に掲載されたことはあったが、注目を浴びるというほどの作品ではなかった。ようやく書きあげて出版社に持ち込んでも、原稿は容易に受け入れてもらえない。

ある日、山本周五郎はほんの僅《わず》かな機縁をとらえて徳田秋声《とくだしゅうせい》の家を訪れる。どこかの社に紹介してもらうつもりで一幕物の戯曲を三編も預けてくるのだ。その時は秋声の応援に希望の芽を見出《みいだ》すが、結果は惨憺たるものに終わる。

《徳田秋声を訪ね、預けてある原稿の返戻《へんれい》を求めた。予は既に此《こ》の為《ため》に五回、空《むな》しく氏の家を訪れたのである。氏は予に斯《こ》う云《い》った。「あんな物を持ち廻ったところで、売れやしないぜ。」そして遂《つい》に原稿はみつからなかった。予は「では家にコッピイがとってある筈《はず》ですから宜《よろ》しゅうございます」と辞して来た。予は帰後責任を問う手紙をしようと思ったが止《や》める。上智《じょうち》と下愚《かぐ》は移らず。彼如《ごと》きに大事な原稿を預けたのが予の過失であった。予は有《あ》らゆるものに信を喪《うしな》った。予は全くの一人だ》(四年一月十五日)

日記には、自信家でしかも傷つきやすいひとりの青年が、精神的にも経済的にも次第に追いつめられていく過程が、かなりの正確さでしるされている。恋していた女性とついに婚約が成ったと喜んだりするが、それは彼の一人合点にすぎず女性の側から拒絶される。彼は女性に裏切られたと思い、ここでも深く傷つく。職を失い、経済的にいよいよ窮迫してくる。昔の胸の病いも完全には治っておらず、何かことがあるたびに《嗽《せき》がまた出はじめた》という結果になる。こういった中で、山本周五郎は次のように書かざるを得ない地点まで追い込まれるのだ。

《今日博文館を訪ねた、予の原稿は退けられた。予の父は神経痛症で悩んでいる。予は職を失って四月、愈々《いよいよ》金に窮し、蔵書を売却して、新しく踏み出さねばならぬ。然《しか》も唯一の友は予を棄《す》て、約婚の少女は遂に予の手を飛去った。予の唯《ただ》一人の後援者である木挽《こびき》町家でも最早《もはや》予の為には金銭的補助は拒んでいる。

今こそ、予に残っているものは、唯一つ〝創作の歓《よろこ》び〟是丈《これだけ》だ。予は最後の宝玉を、(然も自分の血液に等しく、死を以《も》っても手放すことは出来ぬ宝玉を)抱いて、明日の道へと踏み出す》(四年一月三十一日)

しかし、最後の宝玉たる創作すらも思うにまかせない。全力をあげて書くに値するモチーフを自分は持っていないということを知っているからだ。

《ふとすれば涙が出る。小説を読んでいて、別にそう感傷めいた条《くだり》でもないところでふいと涙が出る。神経が大変に繊弱《せんじゃく》になった、怒り易いことも近来ひどい。何でもない他人の言葉がぴりぴりと癇癪《かんしゃく》に触る。かっとなる。孤独に蚕蝕《さんしょく》されたのだ》（四年四月十四日）

すぐれた創作をするのだという望みを支えに浦安での惨めな生活に必死に耐えようとするが、やがて浦安で暮しはじめて二年目の秋に夜逃げ同然の姿で町を出ていかなくてはならなくなる。

《凡《すべ》ての計画は破れた。余は浦安を獺《かわうそ》のように逃げる、多くの嘲笑《ちょうしょう》が余の背中に投げられるだろう》（四年九月二十日）

浦安における日記の最後の日にはそう記されてある。恐らくは、それから何日もしないうちに、山本周五郎は浦安から逃亡していったのであろう。

『青べか物語』はその逃亡から三十年後に書かれることになった。舞台は浦粕《うらかす》と呼び換えられてはいるが、その浦粕が彼が見限り、また見限られたあの浦安であることに間違いはない。『青べか物語』によればその脱出の具体的な様子は次のようなものであったらしい。

《書きあげた幾篇《いくへん》かの原稿と、材料ノートと、スケッチ・ブック五冊とペンを持っただけで、蒸気にも乗らず、歩いて町から脱出した。いちどもうしろを見なかった。私にとって、浦粕町はもう過去のものであった。私の眼《め》も心も、前方だけに向っていた》

ささやかな家財道具や汚れたままの下着類を部屋や押入に残したまま、とにかく浦安から一日でも早く出ようとした。

《私は浦粕から逃げだした。その土地の生活にも飽きたが、それ以上に、こんな田舎にいてはだめだ、ということを悟ったからであった》

まさに、二十六歳の山本周五郎にとって浦安は「こんな」というしかない土地になっていたのだ。こんな田舎にいたのでは、いつまでたっても「本当の為事」はできないと思うようになった。だから彼は東京に戻った。

しかし時が過ぎて、前にだけ向けられていた眼が後にも向けられる時代が山本周五郎にも訪れると、悲惨で滑稽《こっけい》でしかなかった逃亡が、なつかしく、かけがえのないものと感じられるようになる。そればかりか、あの失意の日々までもが光に満ちていることに気がついてくる。浦安という土地も人々も風物もそのすべてが輝かしく思い出される。もちろん、それは浦安という町が光り輝いていたわけではない。時代が輝いていたのだ。青春という時代が輝いていたのだということを、その時代を通過して初めて、山本周五郎も理解するようになったにちがいない。

確かに浦安での生活は無惨《むざん》なものだった。貧困、不遇、孤独。青春の渦中《かちゅう》にある者にとって、それらは無意味な痛苦でしかない。しかし、その渦の中心から遠ざかった者にとっては、そして遠ざかれば遠ざかるほど、その悲惨の意味は明確になる。明確になったからといって過去の事実に変化が起きるわけではない。だが、悲惨に意味を与えることで、かつての日々を無惨さの沼から救い出すことができるようになるのだ。

浦安での生活と知見は『青べか物語』の以前にも短編小説としていくつかの作品に結晶している。浦安を出て五年後に、『青べか物語』に含まれている「繁《しげ》あね」「白い人たち」「留《とめ》さんと女」の諸編の原型のような短編が、「アサヒグラフ」に発表されている。原型といった曖昧《あいまい》な表現より、第一稿といった方が正確なくらい、両者は酷似している。

山本周五郎は『青べか物語』の最終章でこのことに触れ、《小説として発表したものと、ここに集めたものとは根本的に違っている》と述べているが、表面的にはそれほどの差異は認められない。しかし、それぞれの文章を仔細《しさい》に読み比べてみると、なるほど決定的な違いがあることに気がつく。何よりも二つの文章の間には、同じ素材を同じように扱いながら、その執着するものに本質的な隔たりが存在するのだ。

「アサヒグラフ」の短編群で作者が熱中しているのはストーリーテリングである。いかに完璧《かんぺき》な短編を仕上げるかにその全神経を集中している。浦安の土地と人物への関心は特異な題材としてのみ向けられているように感じられる。だが、『青べか物語』の作者にとって最も大事だったものは、恐らくは浦安を生きていた青春時代の自分自身である。『青べか物語』には青春の山本周五郎が存在する。無論それは作品の中で大声をあげて自己を主張するというような形で存在しているわけではない。新潮文庫版解説で平野《ひらの》謙《けん》が指摘するように、『青べか物語』の語り手である「私」は、その発した言葉が直接的な形ではほとんど書きとめられていない。「私」は、作者の意志によって、沈黙の見者という位置に押しこめられているような印象さえ受ける。だがそれはあくまでも表面的なものにすぎない。熟達した物語作家の技倆《ぎりょう》によって、露骨な表現は避けられているが、青年の昂揚《こうよう》、沈降、焦燥、動揺、憤怒《ふんぬ》、断念といったものは、静かだが鋭い緊張感を伴って、文中にちりばめられている。それは、あたかも霧のように、浦安の人物と風物をおおいつくし、その描写の中に溶かしこまされ、あるいは付着させられている。しかも、いや、だからというべきか、「私」は『青べか物語』の世界の発光体であり、「私」の光に照らされることで浦安のあらゆる人物と風物が輝きを持つようになる。お繁も留さんも長《ちょう》もごったくやの女たちも、「私」という発光体の光を受けて、一瞬、美しく輝くのだ。

『青べか物語』は、浦安という土地の讃歌のような姿を取りつつ、実は作者の青春を声低く謳《うた》おうとした作品だと解することも不可能ではない。少なくとも、結果として描き出された「私」の青春は、最後には逃亡するのにもかかわらず、ひとつの土地を十全に生き切った、幸せなものとして存在することになった。山本周五郎の惨めな浦安での日々は、『青べか物語』によって完璧に救出されることになったのである。

3

昭和三十五年「文藝春秋」誌上に連載された『青べか物語』は、多くの評者の言葉を借りるまでもなく、山本周五郎の世界のひとつの極に立つ作品となった。『青べか物語』には圧倒的な存在感を持った人間たちがうごめいている。生の鮮やかな断面が描かれ、その断面のひとつが存在の全体を一気にあらわにする力を持っている。泥絵のような人間の生の一閃《いっせん》が描かれたあとに、淡いがリアリティーのある水彩の写生画のような文章がはさみこまれる。卓抜な構成によって、劇的な人間の物語性とそれを包みこむ土地の実在感とが見事な均衡を保つことになる。『青べか物語』が山本周五郎の他の作品と異なる独特のにおいを放っているとすれば、それはこの作品が例外的に作者の人生の一部を担保とすることで成立しているからというばかりでなく、その中に登場する人物や風物が作者の自由に改変できぬ自律性を持って存在しているということにもよっている。つまり作者はこの『青べか物語』にかぎって創造主として君臨しなかったということなのだ。『青べか物語』の世界はほとんど作者と拮《きっ》抗《こう》するほどの重量感を持って存在している。山本周五郎は物の手応《てごた》えに近い世界、つまり世界に近い世界を生み出すことで、現代文学のフィールドに独創的な作品を提出することに成功したのである。

だが、『青べか物語』で自らの青春を救出することに成功した時、そしてその成功によって文学的に行くところまで行き切ってしまった時、さらにその直後に短編の傑作「おさん」と長編の傑作『虚空遍歴』を書き終えた時、山本周五郎の頂に登りつめることだけを意志した精神に、かすかながら衰弱が始まったのではなかったか。その後にも『季節のない街』や『さぶ』、あるいは『ながい坂』といった評判の長編を書き継いでいるのだから、ある意味でその問いは虚《むな》しいといえるのかもしれない。しかしどこか気になるのだ。その三作は間違いなく素晴らしい作品である。世評に従って傑作といってもよい。たとえば、山本周五郎自身も、『さぶ』を書き終えた直後に、次のような手紙を知人に出している。

《従来の文体が「さぶ」で頂点に達したので、もうひとがんばり前進してみたいと思う。できるかどうかはやってみなければわからない》

作者の自負のごとく、確かに『さぶ』は鮮やかな展開と感動的なシーンに満ちている。文章は自在でしなやかである。しかし、にもかかわらず、そこには山本周五郎が山本周五郎を模しているといった気配があるように思えてならないのだ。その印象は『ながい坂』になるとさらに濃厚になっていく。『ながい坂』から絶筆になった『おごそかな渇き』に到る山本周五郎には、衰えとゆるみが感じられる。

山本周五郎にしてもなお、といった沈痛な思いが残る。

だが、『おごそかな渇き』では、再び新たな頂に登るべく苦闘を開始していた。少なくともその意志だけは明らかだった。『虚空遍歴』の主人公である挫折《ざせつ》した芸人中《なか》藤冲也《ふじちゅうや》が思い到《いた》ることになる、大事なことは何を為《な》したかではなく何を為そうとしていたかにあるという考えそのままに、山本周五郎もまた、何かを為し、さらに何かを為そうとして、果たさず途上で死んだ。

途上の死には、しかし、なぜかそここそが頂だったのではないかと思わせるものがある。山本周五郎の途上も、ほとんど頂であったのかもしれない。

（一九七九年八月）

虚構という鏡　田辺聖子《たなべせいこ》

1

田辺聖子の世界の独特さが語られる時、必ずといってよいほどあげられるのが、「かるみ」と「やさしさ」という二つの言葉である。確かに、「ハイ・ミス」のささやかな三角関係からカモカのおっちゃんとの天下国家論議まで、彼女が田辺聖子語とでもいうべき関西弁を駆使して描く世界を支えてきたのは、その二つの特性であったかもしれない。まさに「かるみ」と「やさしさ」こそは、田辺聖子の作品世界を説明するオールマイティーの言葉として、実に多くの人から提出されてきた。そういう私自身も、かつて「面白がる精神」と「負性への眼差《まなざ》し」という言葉でその二つの特性を明らかにしようと試みたことがあった。

しかし、いま、『しんこ細工の猿や雉《きじ》』を再読しながら私が鋭く感じつづけていたのは、「かるみ」でも「やさしさ」でもなく、「距離の感覚」とでもいうべきものの存在だった。

《私は女学生のころから、「本を書く」のを夢みていた。これは作家になることとちがう。

大学ノートに、一篇の物語を書き、それに挿絵を描き、表紙を画用紙でくるんで水彩絵の具で彩色した絵を描き、好みの題を、内容にふさわしくつけ、そうして麗々と、

「田辺聖子作」

と書く、そういう「本ごっこ」「著書ごっこ」が好きなのである》

『しんこ細工の猿や雉』には、このような少女が学校を出て、金物問屋に勤めるようになる昭和二十二年から、『感傷旅行《センチメンタル・ジャーニィ》』で芥川賞を受賞する三十九年までの、約十七年についてが書かれている。

少女は、七年つとめたあとで金物問屋を辞め、小野十三郎《とおざぶろう》の主宰する大阪文学学校に入り、小説を書くことにさらに熱中していく。学校仲間と同人誌を出し、雑誌に投稿したり懸賞小説に応募したりするが、やがてそのうちの一作が入選し、また他の一作が佳作になるという幸運が重なり、ようやく作家としての道が開かれることになる……。

と、そのように要約してしまえば、まるで甘やかな調子の成功譚《たん》か、逆に苦渋に満

ちた回想録を思わせてしまうかもしれない。しかし、『しんこ細工の猿や雉』はその種の文章から可能なかぎり遠くにある。自ら叙《の》べる、あるいは自らを叙べる、といった文章につきものの「自己聖化」が、ほとんど存在しないのだ。

そこには間違いなく田辺聖子の文学的青春が描かれている。彼女自身が処女作と認める『花狩《はながり》』を書きあげるまでの悪戦苦闘も、書いてからの試行錯誤も、率直すぎるくらい率直に叙べられている。それをいささか古めかしく文学修業の日々と呼べば、一般には特殊な人生の一時期と見なされるにちがいない。だが、そこに描かれた「私」の姿は、驚くほど普通なのである。どのような聖化も修飾も施されていない、まさに普通の人として存在している。そして、「私」を取り巻く人々もまた、同じように普通なのだ。普通の人々をびっくりするほど普通に描いている。あるいは、現実の彼らがそのように「普通」だったのだ、ということもできるかもしれない。しかし、たとえそうであっても、普通を普通に描くということは、考えられるほどやさしいことではないのだ。

たとえば、次のような一節がある。

《番頭は手くせもわるく、冗談に任せてすぐ女の子をうしろから抱いたり、バストに触ったりする。

（中略）

私は一人、触ってもらえないので、時勢に遅れそうな気がして、触ってほしいというのではないが、何だか気になった》

金物問屋の番頭とどうしても波長が合わずうまくいかなかった、という説明に続く文章である。確かに、ここからは「時勢に遅れそうな気がして」という卓抜な一句に彼女の「かるみ」を感じ取ることもできるし、必ずしも憎むことのできない番頭の姿を描く彼女に「やさしさ」を見出《みいだ》すこともできる。しかし、私はそれ以上に、作者である田辺聖子と登場人物とのあいだの不思議な距離に心を奪われるのだ。ソリの合わなかった番頭を否定するのでもなく肯定するのでもない。他人が失敗すると口を極めて悪く言うのに、自分が間違うと「あ、そうか」と軽く流してしまう番頭の姿を描きながら、結婚して会社を辞めた女の子がおなかを大きくして遊びにくると、帰り際《ぎわ》には「ええ子、産みや！」とあたたかな調子で声をかけてあげる番頭の姿も描いている。それはどちらかがどちらかを補強するといったために提出されている挿話《そうわ》ではない。どちらも、それぞれに本当の番頭の姿なのだ。

この作品では、番頭に対してだけでなく、あらゆる登場人物に対して、作者は一方向からの決定的な視点で描くということをしていない。上から見ているのでもなく、下から見ているのでもない。横からでも、斜めからでもない。着きすぎてもいず、離れすぎてもいない。見事な、あえていえば不思議な距離感で描いている。そして、その「距離の感覚」は、他人に対してばかりでなく、自分自身に対しても発揮されるのだ。

『しんこ細工の猿や雉』の中には、主人公である「私」の、成就《じょうじゅ》しなかった恋愛がいくつか描かれている。

誰にとっても、過去の恋愛について一切の修飾なしに語るのは難しいことだ。たとえそれが自分勝手の片思いにすぎなかったものであれ、あるがままを語るということは容易なことではない。かりにあるがままを語ることができたとしても、今度はそこになんらかの意味を付与しようとしてしまう。自分の恋愛が無意味そのものであった、などということに耐えられないからだ。

だが、田辺聖子はこの作品の中で、金物問屋の「兄ちゃん」や「ヤネウラ3ちゃん」、あるいは文学仲間の「一人の男」への片思いを描きながら、ひたすら自分の不器用でトンチンカンな対応と、その恋愛の不器用でトンチンカンなさまを描いている。滑稽《こっけい》を滑稽として、無意味を無意味として描いている。

《昭和三十六年の中頃、私は一人の男に片思いをしていて、えらい目にあった。その男は私が一生けんめい思わせぶりな手紙を書いたり、本を、頼まれもせぬのに送って、「面白い本がありましたから、あげます」

などというのに閉口していたのではないかと思われる》

「えらい目にあった」と書いているからといって別に相手を責めているわけではなく、「閉口していたのではないか」とあるからといって自分を恥じているわけでもない。ただ、えらい目にあったからそう書き、閉口したのではないかと思われるので、またそう書いたというにすぎない。この作品ではあらゆる恋愛がそのような調子で描かれている。ことさらヒロイックになったり、自虐《じぎやく》的になったりしない。とりわけ冷たくはないが、甘すぎるということもない。つまり、あらゆる種類の過剰さがないのだ。

恐らく、田辺聖子が普通を普通として描くことができるのは、他人だけでなく自分自身に対しても保たれる、この「距離の感覚」が存在するためにちがいない。

しかし、田辺聖子に独特なこの「距離の感覚」は、彼女のいかなる部分に根ざし、どのように培《つちか》われてきたのだろうか。その疑問を解くために、もういちど田辺聖子の作品世界を遡《そ》行《こう》していくと、『欲しがりません勝つまでは』という不思議な作品に行きつくことになる。

『欲しがりません勝つまでは』は、少年少女向きシリーズの一巻として書き下ろされたものだが、その内容は「のびのび人生論」というシリーズ名から受ける印象とはかなり異なっている。

2

文章は平易だが、その表面的なやさしさにもかかわらず、かなり変わった内実を持っているように思われるのだ。あるいはそれを、「本ごっこ」「著書ごっこ」の好きな少女の十三歳から十七歳までの生活を描いた回想記、といってしまうこともできるだろう。その生活を支配するのは、物語への夢と戦争という現実である。だから、それをひとりの少女の精神史に時代史をからめたつづれ織りのような作品、と考えることもできないことではない。しかし、そう理解してしまうには、その中に収録されている、おびただしい量の小説の断片がいうことをきかない。地の文のあいだに挿入される、少女時代に書かれた小説の断片が、独自の意味を主張しはじめるのだ。そして、その断片を丹念に読んでいくと、そこに、ひとりの文学好きの少女が職業的な作家になるための、途轍《とてつ》もなく膨大な時間の一部分が見えてくる。渾沌《こんとん》とした、まさに「豪《ごう》奢《しゃ》な無駄」としかいいようのない時間の有り様《ありよう》が見えてくるのだ。その意味では、これは少年少女のための人生論である以前に、人はいかにして職業的な作家になるのかという、いわば「作家の秘密」を物語ったものではないかという気さえしてくる。

だがいま、『欲しがりません勝つまでは』を「距離の感覚」という一点に絞って見ていくと、その冒頭に近い部分に出てくる「伸びゆく者」という、十三歳の時に書いた小説の断片が大きな意味を持ってくる。

その中に、田辺聖子自身であるらしい桜井志津という主人公が、やはりクラスメートのひとりを模したらしい吉川すみ子という友人と、女学校を出たらどうするかといった会話をかわす場面がある。吉川すみ子が赤十字の看護婦になろうかしらというと、桜井志津はそれもいいがどうせなるのだったら名の立った看護婦になりたいという。吉川すみ子はそれに対してかなり控え目に、自分は傷ついた兵隊さんを看護するだけでいい、と反論する。すると、桜井志津はキッパリした口調で「あたしなら、そんなのいやね。無名の看護婦でおわるのは」と応じるのだ。重要なのはそれに続く部分である。十三歳の田辺聖子は、主人公の桜井志津ではなく、友人の吉川すみ子に、次のような感想を抱かせるのだ。

《すみ子は机によりかかって茶の間のラジオをきいていた。勉強が身につかない。学校のかえり道、志津が無名の看護婦なんかで終わるのはいやだわといったのを侮辱されたように考えなおしていた。しかしすみ子はまた、志津が足が悪いから、ああいうのであろうとも考えた。足の悪いものは何かにつけてそんである。だから一人前に名をあげようと思えば尚更《なおさら》である。すみ子は志津を不具者と考えたくなかった。必ず将来は何か一かどの人になれると信じていた。丁度、自分を信じていたように》

十三歳の少女の、この自己相対化の能力には驚くべきものがある。股関節脱臼《こかんせつだっきゅう》によって微《かす》かに足を引きずるようにして歩く自分の姿を、他人の眼によって描き出す。それには、ただ単に他者の視線を意識することで身についた、という以上の確かさがある。早熟、という以上の深さがある。しかし、問題はそれが何に根ざしていたのかということだ。

それをたしかめるためには、あるいは『更級日記《さらしな》』が一本の貴重な接線になるかもしれない。正確にいえば、『更級日記』の作者の「少女時代」だ。それは決して唐突な連想ではない。田辺聖子が『文車日記《ふぐるま》』の中で、「更級」の少女について愛情をこめて書いているからというばかりでなく、『欲しがりません勝つまでは』の中にも、これを十三歳から書き起こしたのは『更級日記』がやはり十三歳の時から始められているためだ、という一節があるからである。

十三歳の時、東国から父の任期が満ちて京にともなわれた「更級」の少女は、叔母から夢にまでみた『源氏物語』を与えられ、「ひるは日ぐらし、夜は目のさめたるかぎり、灯をちかくともして、これを見るよりほかのことなければ……」という日々を送るようになる。そして、「われはこのごろわろきぞかし、さかりにならば、かたちもかぎりなくよく、かみもいみじく長くなりなむ。光の源氏の夕顔、宇治の大将の浮舟の女君のやうにこそあらめ」と思ったりする。この「更級」の少女を、田辺聖子は『欲しがりません勝つまでは』の中で、細やかな情感をこめて次のように描くのだ。

《少女は自分の部屋で几帳《きちょう》の中にはいりこんで、人にもあわず、明けても暮れても『源氏物語』をよんだ。昼も一日中、夜は目のさめている限り、灯《あかり》をともして読んだ。「后《きさき》の位も何にかはせむ」と彼女は思った。小説をよんでいる至福の境地にくらべると、皇后の位も問題ではないと、幸福に息づまるのだった。

そうして、心はいつか『源氏物語』の世界に引きずりこまれていく……。

自分もやがて娘ざかりになれば、色白く髪長く、美しくなるだろう。源氏に愛された夕顔や、薫大将《かおるのたいしょう》に恋された浮舟のように。

物語が現実か、現実が小説か、しだいに彼女はわかちがたく酩酊《めいてい》して夢に夢みるような思いでくらすのだった》

この「更級」の少女の像は、ほとんど田辺聖子自身の像であったろう。『源氏物語』のかわりにパール・バックやマーガレット・ミッチェルの小説を手にしていたとしても、物語を愛し、その酔いの中に生きているという状態にちがいはなかったはずだ。

しかし、田辺聖子には、ひとつだけ「更級」の少女と異なる点があった。それは彼女が物語を読むことに熱中しただけでなく、幼い頃から自分でも書こうとしたことだ。物語の夢に身を任せただけでなく、その力をわがものにしたいと望んだことである。

十代の田辺聖子は、そのごく初期の頃から、小説を書くことで夢を織ることを覚えた。たとえそれが彼女のいう「感想文小説」だったとしても、つまり吉屋《よしや》信子《のぶこ》や山中峯太《みねた》郎《ろう》の小説に興奮し、同じような小説を書くことでその感想を述べていただけにしても、そこにやはり彼女自身の夢が封じこめられていないはずがなかった。あるいはヒロインたちにさまざまな境遇を生きさせ、あるいは担当の女教師を批評し、あるいはヒーローと共にゴビの砂漠を走り抜ける。彼女にとって虚構とは、そこにあらゆることを映せる魔法の鏡のようなものだったかもしれない。

少女は小説を書く愉《たの》しみを覚えた。それは、『しんこ細工の猿や雉』の中の「おとなしい子に御褒美《ごほうび》」という言葉を借りれば、物語を愛し、物語の力を信じた少女に、物語の神様が「御褒美」としてひとつの美しい手鏡を与えた、ということと同じであったろう。そこに映せばどのようにでも姿かたちを変えることができる、という美しい手鏡だ。少女は、思うがままに変容させつつ、そこに自分を映し、外界を映していく……。

だが、小説を書くという行為には、たとえそれがどれほど幼くつたないものであっても、どこかに「自らを視《み》つめる」という契機を避けがたく含んでしまうところがある。手鏡は自惚《うぬぼ》れ鏡にもなりうるが、鏡台の前に坐《すわ》った少女には合わせ鏡にもなりうるのだ。合わせ鏡は時として自分の見たくない自分を見せてしまうことがある。虚構に夢を織るということを覚えてしまった少女は、好むと好まざるとにかかわらず、常に合わせ鏡で自分を見ているような、自己相対化の視線を持たざるをえなくなる。

ここに「距離の感覚」の萌芽《ほうが》を見出すことはそう難しいことではない。

少女は虚構という手鏡に映すことで自分を見つめることに慣れていったにちがいない。やがて少女は成長するが、しだいにその手鏡なしに自分を見ることができにくくなる。大阪文学学校に入学し、生活記録を書けといわれて戸惑うのは、虚構という仕掛けなしに自分を書く、つまり手鏡なしに自分を見ることを要求されたためではないか、と思われるのだ。いや、自分だけでなく、外界に対してもその手鏡を通して眺める癖が抜けなくなってしまったのではないか、という気さえする。『しんこ細工の猿や雛』に描き出される二十代の彼女には、他の登場人物と正対し、視線を向かい合わせるという姿がほとんどないのだ。

この頃の田辺聖子の「距離の感覚」は、だから現在のそれとは微妙に異なっていたはずである。

『しんこ細工の猿や雛』には「蜂蜜《はちみつ》の壺《つぼ》」という極めて象徴的な言葉の出てくる章がある。

彼女が処女作を書き上げてもなおこれという自分の道が見えてこない時期のことだ。小説はいっこうに書けず、ラジオ・ドラマの台本を書いたりするが、どこか妙に落ち着かない。しかし、小説らしい小説は書けないのだが、自分の気に入ったキャラクターを持った主人公が誰かと喋《しゃべ》ったり、自分の好きな空間を動きまわったりするような断片だけは、なぜかスラスラと書けていく。彼女はそんな自分にいくらかは苛立《いらだ》ちながら、しかしただ自分の愉しみのためだけに、伝統的な文学観からすればおよそ意味のないその断片を書きつづけていく。

《私は切り継ぎのノートに「ぼくをゆるして」という小説の仮題をつけた。いつ終ってもよい切り継ぎ、となると、主人公の「ぼく」も女の子も「彩田まりい」というおばさんも、イキイキと動き出し、しゃべるのであった。私はお伽話《とぎばなし》の中の、蜂蜜の壺

をこっそりしまいこんで時々、ナメて楽しむ男のように、ひとりで書きついで楽しんでいた》

この一節は、それ以後の田辺聖子の作品がどのように生み出されていったかを物語ってあますところがない。田辺聖子の、アマチュアの作家からプロフェッショナルな作家への歩みとは、その「蜜」が、自分の小説世界にとっては文字通りの「蜜」になる、ということを発見していく過程でもあった。

しかし同時に、その蜜を作品化することで生み出された小説の中には、「蜜をナメる」という言葉に象徴されるナルシシズムが、微かにではあるが付着することになった。

たとえば、『感傷旅行《センチメンタル・ジャーニィ》』においては、ヒロシという男友達の眼から有以子《ゆいこ》というヒロインを描き、「合わせ鏡」の技法とでもいうべきもので自分に近いヒロインを相対化しているが、そこにナルシシズムの入り込む余地がまったくなかったわけではない。彼女自身、《放送局へそこばくの期間、出入りした経験も「感傷旅行《センチメンタル・ジャーニィ》」を書く上での足しになったには違いないが、何といってもいちばん中心になっているのは、ナルシシズムなのであろう》と語っている。もちろん、田辺聖子の初期の作品を魅力的なものにしているのは、この微かなナルシシズムの存在であることは明らかだが、「距離の感覚」という側面から見れば、それがある種の甘さになっていたことも確かなのだ。

だが、まさにその時代の彼女自身を描こうとした『しんこ細工の猿や雉』に、そのナルシシズムはみじんもない。

3

『しんこ細工の猿や雉』は、田辺聖子が虚構という手鏡を用いず自らを全面的に映し出したほとんど初めての作品であるように思われる。あるいは、それは虚構という仕掛けを通してのみ自らを語ることができた少女が、ついにその仕掛けなしに語りはじめたということなのかもしれない。

それを語る田辺聖子は、過去の暗闇《くらやみ》を照らすのに、一点から強烈にスポット・ライトを浴びせるのではなく、すべてに柔らかく、フラットに光があたるようにしている。しかも、一方向から凝視するのではなく、あらゆる方向から眺めている。あらゆる方向に眼があるため、どこにも眼がないようにさえ思えてくる……。それは、いわば絶対化を排する眼、とでもいえばよいのかもしれない。

彼女がこの作品で、虚構を用いることなしに自らの文学的青春を描くことに成功したのは、この「眼」を獲得することで、それまでの「距離の感覚」をさらに純化することができたためではないかと思われる。

とすれば、『感傷旅行《センチメンタル・ジャーニィ》』から『しんこ細工の猿や雉』に到《いた》るこの二十年の文学的営為が、現在の卓抜な「距離の感覚」を培ったというべきなのだろうか。いや、私はそう考えるより、虚構を愛する以上に「二十冊も本を書くなんて、人間のすることではない。止《や》めとけ、この阿呆《あほう》」という夫との生活を愛そうとした女性への、それは実人生が与えてくれたまさに「御褒美」にほかならなかった、と考えたいような気がするのだ。

（一九八一年六月）

記憶を読む職人　向田邦子《むこうだくにこ》

1

　ある時、何気なく小説雑誌の随筆欄に眼を通していて、誰が書いたとも意識しないまま惹《ひ》き込まれるようにして読み終えた文章があった。「消しゴム」と題されたそのエッセイは、四百字詰めの原稿用紙にして六枚か七枚ほどの短いものだったが、私には同じ雑誌に載っている他のどんな小説よりも小説らしく感じられた。

《軀《からだ》の上に大きな消しゴムが乗っかっている》

　それはこのような意表をつく書き出しで始まっていた。

――スナックから家に戻り、ほろ酔いの状態でソファに寝そべっていると、畳一枚ほどの大きさの消しゴムが、まるで毛布かなにかのようにふんわりと乗っかっているような気がしてくる。そのうちに、それはマットレスほどの大きさに膨れあがり、いくらか重たく感じはじめるが、甘だるい疲労感から別に取り除けもせずそのまま横たわっている。どこかで猫が啼《な》き、シューシューというスプレーの音がする。たぶん同じアパートに住むあのホステスが使っているのだろう。ぼんやりした意識の中でそう考えるが、思いはまた消しゴムに戻っていってしまう。両親と消しゴム、学校と消しゴム……。思い出と遊んでいるうちに、体の上に乗っている消しゴムはますます巨大になり、ついに六畳いっぱいになってしまう。猫の啼き声とスプレーの音はしつこく続いている。だがそれにしても、帰るとすぐガスストーブをつけたはずなのに、どうしてこんなに寒いのだろう……。

その瞬間、はじめて大変なことになったと気がつく。ガスが洩《も》れているらしい。なんとかしなくてはと思うのだが、体がいうことをきかない。指一本うごかず、瞼《まぶた》も開かない。そして、一方では、これは夢なのだ、夢の中でガス中毒になっている夢を見ているのだ、と思ったりする。しかし、力をふりしぼり、体の上の消しゴムをはねのけ、起き上がり、どうにか窓を開けることに成功する。飼い猫が暴れて火を消してしまったらしいガスストーブの栓を元に戻し、窓から身を乗り出すようにして吐くと、その猫も一緒に吐きはじめた。そして、この「消しゴム」というエッセイは次の一節で締めくくられるのだ。

《その日は夕方まで頭が痛かった。脳みそがビニール袋をかぶったようで、人の言うことが膜一枚向うに聞え、ぼんやりしていた。夕方になってどうやら食欲も出たので、食事の支度に野菜籠《かご》にころがっていたキャベツを手にとった。外側の汚れた皮を一枚むいたら、中からガスが匂《にお》った。抽斗《ひきだし》の中の畳んだハンカチも広げると匂ったし、ハンドバッグの中の小銭入れもパチンと開けるとガス臭かった。

本当に恐ろしくなったのは、それからである》

意表をつく出だし、過不足ない情景説明、スリリングな展開、巧みな心理描写、そして卓抜なエンディング。読み終わった私はその冴《さ》えた手並に驚き、あらためて筆者の名を見ると、向田邦子、とあった。テレビドラマの脚本家としてではなく、見事な文章家としての向田邦子の名を強烈に印象づけられたのはこの時が最初だった。

2

彼女の第一エッセイ集『父の詫《わ》び状』が出版されたのは、それから半年後のことである。『銀座百点』に連載されたその二十四編のエッセイは、どれも「消しゴム」より長く、扱われている素材も多様だったが、両者の読後感はほとんど変わらなかった。精妙にして鮮やか。ひとことで言い切ってしまえばそういうことになるだろうか。

谷沢永一《たにざわえいいち》は『父の詫び状』を評して《始めて現われた〝生活人の昭和史〟である》という。確かに、そこにはとりたてて変わったところのない中流で平凡な家庭の、主として戦前における生活の相が活写されている。

かつて三島由紀夫《みしまゆきお》は、円地《えんち》文子《ふみこ》の『女坂』を読むと、自分の幼年時代に残っていた「明治」という時代が甦《よみがえ》ってくるような気がする、と語ったことがある。それと同じように、戦後に生まれ育った私にも、『父の詫び状』を読むことで、「戦前の昭和」というひとつの時代がおぼろげながら感じ取れるように思える。その中に出てくる食卓の風景や学校の様子、あるいは親の叱《しか》り方やオヤツの名称などといったものにさえ、不思議ななつかしさを覚えてしまうのだ。

しかし、にもかかわらず、その細部を真に味読するに充分な同時代的体験をもっていない私にとって、『父の詫び状』は、「生活人の昭和史」である前に、まず「精妙にして鮮やか」な短編集として存在することになる。『父の詫び状』の二十四編には、それぞれ独特の精妙さ、鮮やかさがある。一編ごとに相応の工夫がこらされているからだ。しかし同時に、それらすべてに共通する特徴が、まったくないというわけではない。

第一にその「文章」である。どれも文章が極めて視覚的なのだ。それは、向田邦子が、語りたいことを常に挿話という形で提出する、ということと深く関わっているように思える。しかもその挿話は、干涸《ひか》らびた骨だけのものではなく、瑞々《みずみず》しい生命力をもったシーンとして描き出されるのだ。たとえそれが人であれ物であれ風景であれ、向田邦子が描く対象は、表情、色つや、匂い、などといった細部の急所が的確に押えられ、その結果、読み手は話の流れに沿って、登場してくる人や物や風景を、いとも簡単に映像化することができる。

特徴の第二は、その「結構」である。結構がドラマティックなのだ。なによりそれは、挿話と挿話のつなぎ方の大胆な飛躍に明らかである。『父の詫び状』においては、挿話から挿話への移行は一行の空きを作ることで示されている。しかし、その一行が実に激しい飛躍を秘めているのだ。読者は一瞬、どこへ連れていかれるのかと戸惑う。時間も空間も自在に飛び、描く対象も変化し、それによって伝えられる情緒までがめまぐるしく変わっていく。

だが、どれほど飛躍が激しくとも、それがそのままに放置されていれば、単なる散漫さということで片付けられてしまうだろう。読み手にそれが一種の快さと受け取られるのは、最後に到《いた》って、ばらまかれた挿話が一挙に統合されるからなのだ。最後の数行とエッセイの題名が共鳴しあい、勝手な方向をむいていた挿話がひとつの方向にむき直るのを感じるからだ。

子供の頃に熱中したトランプ占いに、自分の年齢と同じだけの回数シャッフルしたカードを、横に四枚ずつ上から下に何列も並べていく、というものがあった。途中で上下左右、あるいは斜めに同じ数字が揃《そろ》うと、その二枚を取り除き、隙間《すきま》をつめ、さらに並べていく。揃わなければ札の列は次第に多くなっていく。しかし、とりわけうまくいく場合には、ほとんど減らなかったカードの列が、最下方で二枚が揃ったとたん、一気に他のカードが揃いはじめ、ついには綺麗《きれい》に一枚もなくなる時がある。

向田邦子のエッセイの終わり方には、この最後の瞬間に似たカタルシスを感じるのだ。場にさらされているカードには相互の関係はないが、最後の札が開けられたとたん、すべてのカードに脈絡がつく。たとえば、それは『父の詫び状』においては「ねずみ花火」の中に完璧《かんぺき》に近いかたちで見出すことができる。

次々に提出される挿話には直接的な関係はない。高松における小学六年生の時の挿話、鹿児島における小学四年生の時の挿話、女学生の頃の挿話、出版社の社員時代の挿話……と、そこに到って、ようやくこれが死者の物語であることがわかる。そして《何十年も忘れていたことをどうして今この瞬間に思い出したのか、そのことに驚きながら、顔も名前も忘れてしまった昔の死者たちに束《つか》の間《ま》の対面をする。これが私のお盆であり、送り火迎え火なのである》という文章によって、すべてが一気に統合されるのだ。あたかも、机の上に散乱している菩提樹《ぼだいじゅ》の実に糸を通し、瞬時にして数珠《じゅず》を作るかのように……。

3

《向田邦子は突然あらわれてほとんど名人である》
山本夏彦《やまもとなつひこ》は雑誌の連載時評『笑わぬでもなし』にそう書いた。なるほど向田邦子が『父の詫び状』で不意に文筆家として登場してきた時、彼女はすでに完璧な自分のスタイルを持っていた。だが、私たちにとってそれがどれほど突然であり不意のことであろうとも、その独自のスタイルが一朝にしてできあがったものでないこともまた確かである。とすれば、まず問うべきは、向田邦子をして『父の詫び状』という傑作を生み出すことを可能にさせたその基盤はいったいどのようなものであったのか、ということである。
それについて考える時、彼女がテレビドラマを永く書きつづけてきたという「経験」が、ことのほか大きな意味を持っていたらしいことに気づかざるをえない。視覚的であること、とりわけ細部が正確で挿話的であるというところに、テレビドラマのシーンの作り方と共通する工夫が感じられ、また挿話から挿話への大胆な飛躍には、テレビドラマにおける場面転換の仕方の応用が見て取れる。自らも、あるインタヴューで、「向田さんのお書きになるものは……非常に具体的に鮮明に読み手の中に浮き上がってきますね」という質問者の言葉に対して、「もしも皆さんが鮮明だと思ってくださるんなら、私の書きかたが、テレビ台本的なんじゃないかしら」と答えているくらいだ。しかし、もちろんそれがすべてではない。

『父の詫び状』において、語られる挿話の数は膨大なものだが、その核をなすのは「記憶」というものの存在である。向田邦子は、それがどれほど昔のことであれ、実に生き生きと記憶を現在に甦《よ》らせる。しかし、それは彼女の記憶力が格段によいから、というのではないように思える。決して記憶力が悪いはずはないが、問題はその良し悪《あ》しとは別のところにある。なぜなら、彼女は記憶している過去をそのまま無造作に並べているわけではないからだ。ある主題に沿って記憶を読み直し、それを提出しているのだ。過去の暗闇の底にロープで降り、懐中電灯のようなものを当てて、記憶を読み直していく。男性的な眼と女性的な眼を合わせ持つことのできた稀有《けう》の存在である彼女には、それを読む視線に他と異なる独特の角度が生じる。そのような視線によって切り取られた記憶の絵柄は、男性にとっても女性にとっても、馴染《なじ》み深いものでありながらまったく目新しいものに映るのだ。実に向田邦子は記憶を読む職人であるかのようだ。

《思い出というのはねずみ花火のようなもので、いったん火をつけると、不意に足許《あしもと》で小さく火を吹き上げ、思いもかけないところへ飛んでいって爆《は》ぜ、人をびっくりさせる》

これは「ねずみ花火」の中の一節だが、記憶というものが、ある方向から光を与えるとまったく新しい意味をもって次々と甦ってくる、ということを語っているように私には思える。

しかし、向田邦子がこのような記憶の読み方ができるようになったについては、明らかに年齢が重要な意味を持っていた。それだけ多くの経験を手に入れることができたから、というのではなく、少なくとも彼女自身が自分の「位置」に納得し、そこから世界を見ることに慣れる必要があったと思えるのだ。

《生れて初めて喪服を作った。

あまり大きな声でいいたくないのだが、私は四十八歳である。キチンとしたところに勤めるなり、人並みに結婚をするなり、人生の表街道を歩いていれば、冠婚葬祭も自然と多くなり、夏冬の喪服の二枚や三枚あって当り前の年であろう。どういうめぐり合せか売れ残り、おまけにテレビの台本書きというやくざな稼業《かぎょう》についたことも手伝って、いつも有合せでごまかしてきた》（「隣りの神様」）

このような文章を気負わず書くためには、やはりある程度の年齢になることが必要だったろう。若年の者がエッセイを書くのに不向きなのは、経験の多寡《たか》が問題なのではなく、自分の存在している位置を見定めることが難しいからだ。しかし、向田邦子は、その年齢と、思いもかけぬ病いという二つの要因によって、二つの直線が交わることで一点が確定されるように、自分の位置というものを無理なく見定めることができたにちがいない。

「経験」と「記憶」と「位置」。そのどれが欠けても『父の詫び状』が生まれることはなかった。

4

向田邦子のエッセイにおける特質は、小説においてもほとんど変わるところがない。『父の詫び状』と『思い出トランプ』のあいだに本質的な差異はない。文章が視覚的であること、結構が劇的であること、そして記憶が物語の核になるというところまで、両者は近似している。

『思い出トランプ』には、『父の詫び状』の「私」のかわりに、それぞれ固有の名前をもった中年の男女が登場してくる。彼らのさりげない日常の中に、ある時、思い出という名のカードをめくらせるささやかな契機が訪れる。物語は、現在に不意に紛れ込んできたその過去の記憶が動かしていくことになる。もちろん、彼らの記憶は、『父の詫び状』の時のように、そのまま向田邦子の記憶とするわけにはいかない。その記憶は作られた記憶である。つまり彼女は、自身の記憶を、彼らの状況に応じて少しずつ変化させながら付与しているのだ。しかしその時、もはやそれを記憶と呼ばず、「観察」と呼び換えてもさしつかえないように思える。そして、その観察の鋭さは、彼女が記憶を読む職人であった以上に、世間を視る職人であることを物語っている。

だからというわけでもないのだが、向田邦子の作品にはすぐれた職人の芸を思わせるところがある。その鮮やかな筆づかいの中に、たとえば腕のいい板前が魚を料理する前の、細心にして大胆な庖丁《ほうちょう》さばきを見ることができるような気がするのだ。

だが、向田邦子を職人の像と重ね合わせようとすることは、単なる思いつきによるものではない。彼女の母方の祖父が、不遇ではあったが腕のいい建具師だったというばかりでなく、彼女自身にも、自分の体の中に流れている職人的な血を肯定するところがあったらしいからだ。第二エッセイ集『眠る盃《さかずき》』の中の「檜《ひのき》の軍艦」という短文に、次のような一節がある。

《この頃になって、私の身のまわりの規準というか目安は、この祖父にあるのではないかと思うようになった》

彼女は決して具体的なものから離れようとしない。抽象的な思弁や空疎《くうそ》な修飾に筆が流れていくことがない。自分の身の丈に合った素材を、自分の手になじんだ道具で料理していく。声高に叫んだり、過剰な情緒に溺《おぼ》れたりすることがない。確実に自分の知っていること、手でさわれる世界しか書こうとしない。そのストイシズムは、どこかで職人の潔癖さと通じている。

谷沢永一や山本夏彦、あるいは山口瞳といった、その好みにおいて独特の頑《かたく》なさをもった人々に、彼女がとりわけ強く支持された理由のひとつに、その職人的な潔《いさぎよ》さがあったのではないかと思われる。たとえば、山本夏彦が『笑わぬでもなし』で用いた「名人」という言葉の中には、彼女の文章を職人のすぐれた芸と見なす観点があるような気がするのだ。

『父の詫び状』『眠る盃』『無名仮名人名簿』『思い出トランプ』『あ・うん』と、向田邦子の作品を読み直して、その鮮やかさにあらためて感動しながら、しかしひとつ物足りなく感じたとすれば、それはあまりにも自分を語ることが少なすぎるということであったかもしれない。意外なことだが、彼女は自分の父や母や弟妹や猫や友人については多くを語ったが、自らの本質について語ることがほとんどなかった。少なくとも、娘時代から、自分の位置を見定めるに到る最近までの、最も渾沌《こんとん》として最も豊穣《ほうじょう》な時期について、彼女はこれまでまったく触れようとしなかった。あるいは、彼女の完璧を目指すかのような緻密《ちみつ》な文章が、完結しきらない渾沌を嫌ったのだろうか。

作家としての向田邦子の未来にもし困難があるとすれば、その完結的な鮮やかさが長編を書く時の枷《かせ》にならないか、ということである。初の長編『あ・うん』は、単にテレビドラマのノベライゼイションだからというだけではない苦戦のあとがうかがえる。向田邦子の方法が長編を書くことでどのように変容していくか、また自らのことをどのように語ってゆくか、しかしそれは今後の作品を愉《たの》しみに待つより仕方がない。

5

……ここまで書き終わったのは、八月二十二日の土曜日だった。

午後二時、一息つくつもりでラジオのスイッチを入れた。しばらくして、台湾上空で飛行機の爆発事故があり、乗客乗員の全員が絶望とみられている、というニュースが流れた。アナウンサーは、さらにその飛行機に乗り合わせた日本人乗客の名を読み上げはじめた。

何気なく聞き流していた私は、途中で「K・ムコウダ」と読み上げる声を聞いて、どきっとした。日本人乗客は全員が男性らしいということだったが、なぜかその「K・ムコウダ」が向田邦子さんではないかという気がしたのだ。確たる理由はなかったが不安だった。まさか、と思う気持もあり、また、自分がここ何日か向田邦子について文章を書くことで頭を悩ましつづけてきたので、単なるイニシャルの一致ですぐに連想してしまったにすぎない、と思う気持もあった。しかし、やがてニュースに向田邦子の名が出はじめ、その確認作業をしているところだということになり、ついに確認されたという報が、彼女の家の留守番電話に吹き込まれた「台湾に旅行中」という応答メッセージの声とともに流されるようになった。

私はようやく書き上げた原稿を前に、しばし茫然《ぼうぜん》とした。向田さんがいなくなってしまった以上、私の原稿はほとんど意味のないものになってしまうような気がしたからだ。本来、『父の詫び状』の解説を書くにふさわしい方は他にいらしたはずなのに、それをあえて私などに書かせてみようと向田さんが考えたのは、年少の者の感想を聞いてみたかったからであるらしい。私もそれに応《こた》えて、せめて向田さんが面白がってくれるような感想を述べたいものだと思いつつ、原稿用紙に何日も向かっていたのだ。

向田さんとは一度だけ会ったことがある。飲み屋で偶然に顔を合わせ、何人かと朝まで飲み明かした。どんなことを話したか、いまはもうほとんど忘れてしまったが、ひとつだけはっきり覚えていることがある。朝になり、店の外に出ると、すでにあたりはすっかり明るくなっていた。路上で私が大きく伸びをし、さあて家に帰って寝るとするか、と呟《つぶや》くと、向田さんは、私はこれから家に戻って仕事をするわ、と笑いながらいった。いささか疲労を覚えていた私はびっくりして向田さんの顔を見た。夜を徹して飲んでいるのに少しもくたびれているようには見えず、むしろ爽《さわ》やかそうな表情を浮かべていた。ちょうど一年前の夏のことだ。

この解説が書き上がったら食事を御馳走《ごちそう》してくださることになっていた、と後から聞いた。しかし、もういちど愉しい酒が飲めなかったということ以上に、もしかしたらただひとり、いくらかは面白がってくれたかもしれない人に、この原稿を読んでもらえなかったことが残念でならない。

それにしても、この原稿に引用した向田さんの文章の、この暗さはどうしたことだろう。「消しゴム」といい、「ねずみ花火」といい、「隣りの神様」といい、気がついてみると、どれも死にまつわる文章ばかりだった。無意識の選択ではあったが、いまとなってはどうしてもっと華やかな文章を引用しなかったかと悔やまれる。だが、もしかしたら、向田邦子のエッセイには、そのユーモアのかげにそれほど多くの死がちりばめられていた、ということなのかもしれないのだ……。

（一九八一年九月）

歴史からの救出者　塩野七生《しおのななみ》

1

歴史でもなく、伝記でもなく、小説でもなく、しかし同時にそのすべてでもある、という塩野七生に独特のスタイルの文章が、初めて多くの人の眼に触れるようになったのは、『ルネサンスの女たち』が公刊されてからのことである。しかし、彼女にとってその『ルネサンスの女たち』は、単に物書きとして世間に認知された最初の作品というにとどまらず、小説家の処女作の多くがそうであるように、未来に向けての可能性のほとんどすべてを内包した極めて重要な意味を持つものだったと思われる。

『ルネサンスの女たち』には、十五世紀から十六世紀にかけてのルネサンス期イタリアに生きた、イザベラ・デステ、ルクレツィア・ボルジア、カテリーナ・スフォルツァ、カテリーナ・コルネールという四人の女性の生涯が、独立した四つの物語として収められている。四つの物語はそれぞれ微妙に異なる主題を持っているが、それを一編の長編として一気に通読してみると、その底にそれ以後の塩野七生が辿《たど》るべき物書きとしての道筋が、くっきりと刻み込まれていることに気づく。彼女はやがて、神の地上の代理人たる法王の群像を描くであろうし、またリアリスティックな政治感覚を保持しつづけることで永く地中海世界に覇を唱えることができたヴェネツィア共和国の盛衰を書こうとするであろうし、何よりもまずチェーザレ・ボルジアの肖像を描こうとするにちがいない、ということが看《み》て取れるのだ。

チェーザレ・ボルジア。この人物に対する塩野七生の関心は並大抵のものではない。それは『ルネサンスの女たち』の四人の主人公のうち、三人の物語にまでチェーザレを主要な人物として登場させているところにも明らかである。チェーザレは、彼女らの像の大きさと位置を確定するための、いわば接線のような役割を担《にな》わせられている。もちろん、彼女らとの関係の違いによる濃淡の差はあるが、その接線としての重要度は変わっていない。妹であり、チェーザレの意のままに動かされるルクレツィア・ボルジアはもとより、チェーザレと闘い、敗れていくカテリーナ・スフォルツァも、政治上の一種の智恵《ちえ》比べをするだけのイザベラ・デステの物語においても、彼の存在は欠くべからざるものとして描かれている。

《第一作であった『ルネサンスの女たち』を書いていた頃から、チェーザレ・ボルジ

アについて書いてみたいという思いが、脳裡《のうり》から去ることはありませんでした》

塩野七生のこの言葉をまつまでもなく、彼女がすぐにもチェーザレを書こうとすることは、すでに第一作に明らかだった。

2

しかし、なぜチェーザレ・ボルジアだったのだろう。塩野七生はどうしてそれほどまでにチェーザレを描くことに執着したのだろうか。その疑問に対して、彼女は『チェーザレ・ボルジアあるいは優雅なる冷酷』の中で直截《ちょくせつ》に答えようとはしていない。だが、そのチェーザレをどのように捉《とら》えようとしていたかは、たとえば、ルネサンスの巨人レオナルド・ダ・ヴィンチとの出会いを描いた次のような一節からも、容易に知ることができる。

《歴史上、これほどに才能の質の違う天才が行き会い、互いの才能を生かして協力する例は、なかなか見出《みいだ》せるものではない。レオナルドは思考の巨人であり、チェーザレは行動の天才である。レオナルドが、現実の彼岸を悠々と歩む型の人間であるのに反して、チェーザレは、現実の河に馬を昂然《こうぜん》と乗り入れる型の人間である。ただこの二人には、その精神の根底において共通したものがあった。自負心である。彼らは、自己の感覚に合わないものは、そして自己が必要としないものは絶対に受け入れない。この自己を絶対視する精神は、完全な自由に通ずる。宗教からも、倫理道徳からも、彼らは自由である。ただ、窮極的にはニヒリズムに通ずるこの精神を、その極限で維持し、しかも、積極的にそれを生きていくためには、強烈な意志の力をもたねばならない。二人にはそれがあった》

ここでは、レオナルド・ダ・ヴィンチとチェーザレ・ボルジアが、そのような人物であったということの、細かな論証はほとんど行なわれていない。性急な断定、という印象さえ与えかねないが、しかしそれ故《ゆえ》に、塩野七生のチェーザレ・ボルジア観が最もストレートに表白されることになったのだ。つまり、チェーザレがこのような人物であったという理論より、このような人物であったとするという彼女の意志が強く感じられるのだ。そしてその意志は、一般に流布《るふ》しているチェーザレの像に抗して、自身のチェーザレ像を創《つく》るのだという、若い書き手の客気《かっき》のようなものが支えているかに見える。

チェーザレ・ボルジアとは何者であったのか。それについては、すでに『ルネサンスの女たち』の中で、簡潔に述べられていた。

《枢機卿《すうきけい》の緋《ひ》の衣を剣に代え、結婚によってヴァレンティーノ公爵《こうしゃく》となったチェーザレ・ボルジアは、父法王アレッサンドロ六世の教会勢力を背景に、妻方の親族フランス王ルイ十二世の全面的援助をも受け、教会領再征服の名の下に、ロマーニャ地方を征服し、そこを自分の王国創立の足がかりとしようとする彼の野望を、いよいよ実行に移し始めたのである》

まさに、これはチェーザレ・ボルジアの、歴史的存在としての、極めて客観的な像なのであろう。だが、このようなチェーザレの像は、彼の生前からすでにあった噂《うわさ》、中傷、伝説などによって大きく歪《ゆが》められつづけてきた。その果てに、「毒薬づかいのボルジア」という一種の文学的な怪奇趣味による像が一般に定着してしまうことになったのだ。

塩野七生が、一般的なチェーザレ像に抗して、自分自身のチェーザレ像を提出しようとした時、まず否定すべきものとして眼の前に存在したのは、名著『イタリア・ルネサンスの文化』によって今日われわれが使用しているルネサンスという概念を創り出し、またそのことを通して「悪名高きボルジア家」の悪名をさらに高からしめた、J・C・ブルクハルトの言説であったはずである。かつて彼女が『ルネサンスの女たち』でイザベラ・デステを書いた時と同じように、ブルクハルトへの強烈な反撥心《はんぱつしん》が、まずその出発点に存在したと考えられる。

ブルクハルトのチェーザレ像を貫くのは、残酷で自己中心的な、権謀術数をめぐらす野心家、というそれ自体では決して誤りではないものである。しかし、たとえば、ブルクハルトがヴァレンティーノ公チェーザレがいかに非道の君主であったかを示すために次のように記す時、そこには明らかに倫理的な裁断による矮小化《わいしょう》が行なわれていると言わなくてはならない。

《公自身、夜になると護衛をともなって、おびえあがった市中を徘徊《はいかい》した。そしてそれが、ティベリウスのようにあさましくなった自分の顔を、白昼人に見せるのがいやになったからだけではなく、狂暴な殺人欲を、おそらくまったく知らない人間によっても充《み》たそうとするためであった、と信ずべきふしが大いにある》（柴田治三郎訳）

恐らく、塩野七生には、このような言説に幽閉され、痩《や》せ細ってしまったチェーザレに、どうにかして手を差し伸べたいという願望があったのだ。なぜチェーザレだったのか。その問いに対するひとつの答えは、歴史の闇《やみ》の奥に追い立てられ、不当な扱いを受けているチェーザレを、自らの手で救出するのだという物書きとしての野心のうちに求められるかもしれない。

塩野七生が、ブルクハルトと異なる、ある意味で対極に立つチェーザレ像を提出しようとしたことは、結果としてニッコロ・マキャヴェッリのチェーザレ像になかば回帰することになった。

3

チェーザレの同時代人であり、フィレンツェ共和国の外交官でもあったマキャヴェッリは、その不遇の時代に、復活への期待をこめて『君主論』を書きあらわした。マキャヴェッリは、君主はいかにあらねばならないかを詳細に論じたその書物の中で、すでに没落し、無残な死を遂げていたチェーザレを、新たに君主になった者が見習うべき人物として取り上げ、熱烈に語りつくした。

《ヴァレンティーノ公は、すばらしい勇猛心と力量《ヴィルトゥ》の人であった。また、民衆をどのようにすれば手なずけることができるか、あるいは滅ぼすことができるかを、十分わきまえていた》（池田廉《きよし》訳）

この『君主論』を軸に、マキャヴェッリの他の著作を読んでいくと、塩野七生にとってこのマキャヴェッリという人物が、いかに大きな存在であったかが理解できるようになる。チェーザレに対する見方ばかりでなく、政治理解の方法、だから人間理解の方法においても、深い影響を受けていることに気がつくのだ。

マキャヴェッリの政治観の本質は、《政治とは、可能性のアルテである》と捉えるところにある、と塩野七生は『イタリア共産党讃歌』の中で述べている。確かに、マキャヴェッリにとっての政治とは、いかに目的を達成するかという方策、あるいは手段の裡《うち》にしかない。そして、マキャヴェッリにとっての政治の目的とは、ただひとつ、強固な支配権を打ち立てるということにしかないのだ。そこにおいては、その支配権の正統性、手段の倫理性などということはまったく問題にならない。どのような理由からであれ、ひとたび支配権を手に入れたなら、問題はその支配権をいかに強固にするかというアルテ、つまり方策、手段にしかないのだ。

そのようなマキャヴェッリにとって、チェーザレが優れたアルテを駆使する優れた君主と眼に映じたとしても、少しも不思議ではない。

《敵から身を守ること、味方をつかむこと、力またははかりごとで勝利をおさめること、民衆から愛されるとともに恐れられること、兵士には命令を守らせるとともに尊敬されること、君主に向かって危害を加えうる、あるいは加えそうな連中を抹殺すること、古い制度を新しい方法で改革すること、厳格であるとともに丁重で、寛大で、闊達《かったつ》であること、忠実でない軍隊を廃して、新軍隊をつくること、自分に当然の尊敬をはらわせ、あるいは危害を加えるにも二の足を踏むように、国王や君侯たちとは親交を結ぶこと、以上すべてのことがらこそ、新君主国において、必要欠くべからざるものであると考える人にとって、彼の行動ぐらい生き生きした実例は見いだせないであろう》

チェーザレの「王国建設」という野望には、いささかもロマンティックなところがない。その「征服」の道程には、支配権の拡大と確立の最も効果的なアルテの連鎖しか見出すことができないはずである。たとえば、マジョーネの反乱によって窮地に立たされた時、じっと耐え、どうにか持ちこたえようとしているチェーザレが、マキャヴェッリに「あらゆることに気を配りながら、私は自分の時がくるのを待っている」と述べる。この「自分の時」という言葉には、しかし現代の私たちが考えたがる、いわゆる実存的な響きはみじんもない。あるのは、反乱を圧殺するための最も効果的なタイミングを見はからっている、政治における最も高度な技術者の眼、だけなのだ。

マキャヴェッリが『君主論』で主張していることのひとつに、支配者は残酷を恐れてはならぬということがある。中途半端《はんぱ》な寛容さや憐《あわれ》みぶかさがどれほどの悲惨を生み出すことか、というのだ。

《たとえば、チェーザレ・ボルジアは、残酷な人物とみられていた。しかし、この彼の残酷さがロマーニャの秩序を回復し、この地方を統一し、平和と忠誠を守らせる結果となったのである。とすると、よく考えれば、フィレンツェ市民が、冷酷非道の悪名を避けようとして、ついにピストイアの崩壊に腕をこまねいていたのにくらべれば、ボルジアのほうがずっと憐れみぶかかったことが知れる》

この逆説の中に、マキャヴェッリの政治観、人間観の中核がある。塩野七生の政治観、人間観は、それとまったくイコールではないが、少なくともその逆説を許容する性質のものであることは確かなようだ。それだからこそ、『ルネサンスの女たち』の中で、チェーザレの政治を《善悪の彼岸を行く壮大な政治》と呼ぶことに躊躇《ちゅうちょ》しなかったのだ。

ここに、チェーザレをなぜ書こうとしたのかという、二つ目の理由を見出すこともあるいは可能であるのかもしれない。すなわち、日本における政治とは、実現可能性のない理想主義的な目的を声高に叫ぶことか、目的のないその場かぎりのアルテを意味するかのどちらかでしかないが、そのような政治観にならされた日本の知的風土に、チェーザレ・ボルジアが体現していた政治の姿を提出することで、何らかの衝撃を与えようとしたのではないか、と考えることができるからだ。

興味深いのは、塩野七生がなぜこのような政治観を持つに到《いた》ったのかということである。その点について、彼女は最近『サイレント・マイノリティ』という連載エッセイの中で、珍しく率直に自己を語っている。彼女はそこで、自らを昭和十二年生まれの人間のひとりと規定し、その世代的な特徴を《絶対的な何ものかを持っていない》ところに求めようとする。マルキシズムとも戦後民主主義ともある距離を置いて接せざるをえなかったその世代は、イデオロギーからの自由を手に入れ、同時にエモーショナルな行動に対する冷淡さを持つようになった、というのだ。

確かに、塩野の文章からは、価値からの自由さというところからくる、途轍《とてつ》もない寛容さと、それと裏腹の尖鋭《せんえい》な戦闘性を感じ取ることができる。つまり、背徳的といわれる行為をも、その自由さにおいて認める寛容さと、価値の鎖にしばられ自由を行使しえない者へのあからさまな嫌悪《けんお》、軽蔑《けいべつ》を看て取ることができるのだ。

しかし、正義や理想や使命感といった類《たぐ》いの言葉に対する反撥心も含めて、《絶対的な何ものかを持っていない》ことは、必ずしも世代に解消されうる特徴ではなく、塩野七生個人に帰せられる性向であると思われる。なぜなら、彼女よりひとつ下の世代に属するはずの私もまた、自分が《絶対的な何ものかを持っていない》ことを、常に意識しつづけているからだ。重要なことは、いずれにしても、彼女がそれひとつで世の中のすべてを律し切れるオールマイティーのイデオロギーなどを持とうとはしなかったということである。だからこそ、外部に絶対的なものを求めようとせず、自己にのみ忠実に生きたチェーザレの苛烈《かれつ》な生に、激しく感応することができたのだ。

4

チェーザレ・ボルジアとは、なによりもまず行動の人であった。塩野七生が好んで引用するマキャヴェッリの言葉によれば《めったにしゃべらない、しかし常に行動している男》ということになる。内面を想像させる手がかりをほとんど残さなかった彼の、私たちに見えるのはただ単に行動の軌跡だけである。そのようなチェーザレを、一編の物語の主人公として描くには、それ相応の工夫が必要だったはずである。そして、塩野が『チェーザレ・ボルジアあるいは優雅なる冷酷』で採った方法は、チェーザレを注視していた者の視線によってその姿を浮き彫りにし、チェーザレが疾駆した周辺を描くことでその軌跡を浮き立たせようとすることであった。彼女は、賢明にも、数カ所の例外を除いて、チェーザレの内面をのぞき込むことをしていない。そのことが、逆にチェーザレ・ボルジアの冷えた鋼塊《こうかい》のような存在感と、その奥にひそんだ昏《くら》い狂熱を鮮明に描き出すことになった。

しかし、この『チェーザレ・ボルジアあるいは優雅なる冷酷』を読み終えたあとで、私たちにとって最大の謎《なぞ》として残るのは、あれほど卓抜した心理家であったチェーザレが、ピオ三世の死後の法王選挙で、なぜボルジア家の宿敵であるジュリアーノ・デッラ・ローヴェレの言葉を信じ、ジュリオ二世たることに協力してしまったのか、ということである。病後の肉体的な衰えからくる一時の判断の誤りであったのか、彼が最も大事なところで露呈してしまった人間的甘さなのか、あるいは、《彼は自分の気に入る者を教皇に選ぶことはできなかったにせよ、ある人が教皇につくのを阻止することはできたはずである》というマキャヴェッリの言葉にもかかわらず、ローヴェレと提携するしか道は残されていなかったのか。塩野七生は、それについては万感をこめて《彼は、賭《かけ》に、というよりは政治に敗れたのである》としか記さない。

マキャヴェッリは、このチェーザレの失敗について、イタリア統一の担い手を失ったという口惜《くや》しさをこめて、冷たく断罪している。

《偉い人たちのあいだでは、新しい恩義によって昔の遺恨が水に流されるものだと考えるならば、それは大きなまちがいである。つまり、公はこの選挙でまちがいを犯し、やがて最後の破滅の原因をつくったのであった》

だが、そのチェーザレ像の形成に強くマキャヴェッリの影響を受けながら、塩野七生が彼と決定的に異なるのはこの点である。政治の最も高度な技術者としての君主に、むしろ苛酷な要求を突きつけているともいえるマキャヴェッリに対し、塩野はチェーザレのこの失敗を突き放して書こうとはしない。それまでの成功の道程を描いてきたと同じ筆致で描いていく。あとは破滅の道をただ死に向かって歩むより仕方のないチェーザレを、淡々と、ということはむしろ温く描いていく。

そして、その最期《さいご》を、無残に、だから美しく書き上げることで、この夭折者《ようせつしゃ》を、どこかで掬《すく》い上げようとする。チェーザレをその行動の軌跡によってしか描かない塩野が、例外的に内面の描写をしているのが、この最期のシーンなのである。そして、それに続いて記される《白い朝の光が、その周囲に流れていた。真紅のマントの外にのぞく、あお向けにささえられたチェーザレの青白い顔と、だらりと肩からたれ下った両腕の上を、冷たい春の朝の風が吹きすぎていった》という末尾の一節には、チェーザレという主人公への書き手の愛情がにじみ出ている。いや、ある意味で、女の、男への愛情のようなものまで感じ取ることができる。会ったこともなく、言葉をかわしたこともないはずのチェーザレという歴史上の人物に、低く抑えた恋唄《こいうた》をうたっているような感じさえ受けるのだ。ここに、チェーザレを描こうとした、もうひとつの理由があったのかもしれない、と推測することは決して許されないことではないだろう。塩野七生にとってチェーザレとは、あるべき男のひとつの極をいく人物であったのかもしれないのだから。

（一九八二年七月）

一点を求めるために　山口瞳《やまぐちひとみ》

1

山口瞳の『江分利満《えぶりまん》氏大いに怒る』の中に、宴会におけるサラリーマンの心得、あるいは覚悟のようなものを語った「宴会三題噺《さんだいばなし》」という比較的短いエッセイがある。宴会はさぼってはいけないとか、余興はあまりうまくない方がよいとかいったサラリーマンの先輩としての具体的な忠告が記されているのだが、その中にこんなエピソードが出てくる。

《部内での宴会は中国料理が多い。人数がふえるほど割安になり、油っこいもので酒を飲むのは体にもいいからだ。

最後の鯉《こい》のから揚げになると、もう皆が満腹になってしまう。これを必ず持って帰る社員がいた。そのことを予期して空《から》の弁当箱を持ってくるのが、なんとも汚ならしいのである。彼の渾名《あだな》は「グシャ」である。鯉を弁当箱に押しこむときにグシャッと音がするからだ。もう名前も忘れてしまったが渾名だけはおぼえている。仕事のうえで、そいつに積極的に協力しようという気分になったことは、一度もなかった》

これを初めて眼にした時、私は少しばかり辛《つら》い気持になった。文章があまりにも「グシャ」氏に対してきつすぎるように思えたのだ。もちろん、山口瞳の世界が、好きなものを好き、嫌いなものを嫌い、とはっきり述べることによって成り立っているのは充分に承知している。まさに《好き嫌いに関しては、どうしても依怙地《いこじ》になってくる》（『男性自身・第6集』）のである。読者にとってはその「依怙地」こそが山口瞳であり、同時にそれだからこそ思いもかけぬ角度からの、まったく新鮮な物の見方をおそわることになる。しかし、それらのすべてを認めた上でも、なお「グシャ」氏の挿話《そうわ》を読んでの辛い気持は消えることがない。

あの「グシャ」氏とは私の父親だったのではあるまいか。無論、そんなはずはない。山口瞳と同じ会社にいたはずはないし、だいいち中華料理屋で宴会をするようなまっとうな会社に父親が勤めたことがあるかどうかも疑わしい。だが、それにもかかわらず、あの「グシャ」氏が私の父親であったかもしれないという思いは残る。もしかしたら、私もまたあの「弁当箱の鯉」のような類《たぐ》いの食物によって大きくなったのではないか、という気がしてならないのだ。

東京に生まれ東京に育った私の父親にも、都会人としてのダンディズムがある。しかし、そのダンディズムが、腹を空《す》かした子らのために、恥を忍んで弁当箱を持っていくことをさせないかどうかはわからない。あるいは、そのような人の姿を見て、山口瞳のように激しく否定するかどうかもわからない。もっとも、この「グシャ」氏がそれほど貧しかったかといえばそうではなかったように想像されるが、山口瞳ならどのような経済状態にあろうともしないだろう。

私だったらどうしただろう、と考えてみる。恐らく、しなかったろう。だが、「グシャ」氏の行為を否定はしなかったろうと思える。自分がしないということと、その行為をしている人物を否定するということの間には、かなりの差異がある。とりわけ山口瞳の否定には、激しさや鋭さだけでなく、ある必死さが感じられる。「グシャ」氏に対する彼の否定に、私はのっぴきならないものを感じてしまうのだ。あるいはそれを、司馬遼太郎《しばりょうたろう》は「命がけ」と評したのかもしれない。

「文藝春秋」誌上における連載対談『日本人を考える』で、山口瞳をゲストに迎えた司馬遼太郎は、冗談めかしながら冒頭で次のような極めて本質的な山口瞳観を提示した。

《ぼくは山口さんの小説や随筆はぜんぶ読んだつもりですけど、読みおわるとじつによく眠れる（笑）。どういうわけだろうとここへ来るまで考えこんでいたのですが、ともかく旺盛《おうせい》な拒絶反応性というか、非寛容というか（笑）、トゲトゲしているくせに、それが濃厚な美の意識で秩序づけられているから、その秩序の国にまぎれこんでゆくとこちらの気持も安らかになってきて、眠りにおちこんでゆくことができまして（笑）》

そして、それに続けて、定義メーカーである山口瞳にならって自分も定義すれば、山口瞳は「命がけの僻論家《へきろんか》」ということになろうか、と述べている。後に、山口瞳はその中の「僻論家」という部分にこだわりを見せるようになるが、私にはその評言の核心はやはり「命がけ」というところにあるように思われる。「拒絶反応」といい、「非寛容」というが、いずれにしても山口瞳の否定には、どこか「命がけ」のところがある。単なる否定なら黙殺すれば済むことだ。言葉にして否定することは、それだけエネルギーを必要とするし、危険も伴う。にもかかわらず、山口瞳が「命がけ」の否定を繰り返すのは何故《なぜ》なのだろう。そこには、好き嫌いの依怙地さ、というだけでは決して収り切れない何かがあるように思えるのだ。

2

山口瞳の紀行文集としては『なんじゃもんじゃ』『湖沼学入門』『迷惑旅行』『酔いどれ紀行』の四作がある。それぞれ旅の仕方は微妙に異なってはいるが、そこに共通するいくつかの特徴がないわけではない。

特徴の第一は、それが、作家としての山口瞳の、極めて重要な、外界とつながる窓になっているということだ。そして、その窓は、家という狭い空間で仕事をしつづけなければならない彼にとって、密閉され、気圧の高まった空間での不意の暴発を防いでくれる、風穴のような役割も果してくれている。彼が繰り返し紀行文を書くための旅をするのも、定期的に窓を開ける必要を痛切に感じているからに違いない。

特徴の第二は、それが避けがたく「物書き」の旅になっているということである。山口瞳の願望は、どうしても大名旅行のようになってしまう講演旅行や招待旅行とは別の、さりげない旅をしてみたいというところにある。しかし、それが紀行文を書くための、仕事としての旅ということになれば、やはり「物書きが行く」式の旅にならざるをえない。編集者が切符を買い、行く先々で待ちかまえる人がいて、大名旅行とはいえないまでも、それに近い状態になってしまう。そのような旅は、山口瞳が望むところのさりげない旅とは大いにかけ離れているのだが、彼は旅先の人々の歓待にへとへとになるまで応《こた》え、いつも疲労困憊《こんぱい》して帰ってくる。だが、私はこのような彼の態度に一種の潔《いさぎよ》さを感じないわけにいかない。

ひとたび「物書き」になってしまった以上、さりげない旅などできはしないのだ。「物書き」は「物書き」としての旅以外のものはできない。有名無名、顔が知られているとかいないとかの問題ではない。たとえば、旅先で大金を掏《す》られたとしよう。さりげない旅をしている当り前の旅行者なら、青くなり、打ちのめされ、これで旅がだいなしになったと落胆するだろう。しかし、彼が「物書き」であるなら、がっかりしながら、どこかで「これも素材のひとつ」と考えている自分に気がつくはずである。「物書き」には、当り前の旅行者が持っている、旅そのものが目的というところからくる切実さが欠けているのだ。「物書き」が紀行文においてさりげなさを装《よそお》うことは欺瞞《ぎまん》にすぎない。《ものを書く人間だから、何を書かれるかわからないので、最大級のサービスを受けているのだぞ。お前が偉いのではないぞ》（『男性自身・第4集』）という意識を持ちながら、しかし山口瞳は「物書き」としての役割を敢然と引き受けるのだ。そこに独特の潔さがある、と私には思える。

特徴の第三は、「ドスト氏」こと関保寿《せきやすじゅ》が常に同行していることによる不思議な安らぎが漂っていることである。旅を二人ですることは、とりわけ紀行文を書く際にはよく用いられる方法である。ひとりの場合と違って、行く先々の風物や人情について、それぞれ違った観点から語り合うことができるからだ。紀行文に動きが出る。山口瞳自身が《私の旅は、内田百閒《うちだひゃっけん》先生の『阿房《あほう》列車』の模倣である》というその『阿房列車』にも、「ヒマラヤ山系君」という人物が登場してくる。しかし、このヒマラヤ山系君とドスト氏との紀行文中における役割は、本質的に異なっている。《年は若いし邪魔にもならぬから》（『阿房列車』）という内田百閒にとってのヒマラヤ山系君と違って、山口瞳のドスト氏に対する思いには明らかに親愛と尊敬がある。ほとんど畏敬《いけい》の念といってもよいものがある。それが読み手である私たちにも伝わり、ドスト氏が次第に魅力的な存在に映りはじめる。ドスト氏の自由さが私たちを自由にし、深味のある温和さが安らぎを与えてくれる。ドスト氏の魅力が、紀行自体の輝きをさらに増すことになる。

旅には貧しくなければ見られないものと、豊かでなければ見られないものがある。この二人の旅には、金の有無とは無関係の豊かさが感じられる。

特徴の第四は、旅が山口瞳の状態を写す鏡のようなものになっているということだ。

紀行文は、むしろ『男性自身』以上にくっきりと、その時その時の山口瞳を映し出している。そのことは、紀行文が山口瞳の他の作品を読解しようとする時のひとつの鍵《かぎ》になりうることも意味している。たとえば、『なんじゃもんじゃ』は『人殺し』と表裏一体の作品であるし、『迷惑旅行』は『血族』の成立に密接な関《かか》わりを持っている。

『人殺し』は、糖尿病の検査のため京都の病院に入院するという実体験を下敷きにして書かれている。『人殺し』と『なんじゃもんじゃ』が深く関わっているというのは、ただ単にその入院の時期が『なんじゃもんじゃ』の旅の時期と重なり合っているからというばかりではない。

『なんじゃもんじゃ』の旅を始めるにあたって、山口瞳はひとつのテーマの設定をした。すなわち、これは妻という世間からの束《つか》の間《ま》の蒸発の旅なのだ、と。もちろん、それはこの旅を面白がるための、そして読み手にも面白がってもらうための「仕掛け」という性格が濃厚だったはずなのだが、旅を続けていくうちに、やがてそのテーマが紀行全体に重く垂れこめてくるようになる。彼は繰り返しドスト氏に問いかける。その訊《たず》ね方には妙な昂《たかぶ》りと切迫感がある。それが『なんじゃもんじゃ』のための擬態《ぎたい》でないことは、同じ時期を扱った『男性自身』の何編《ぺん》かに、よく似た滾《たぎ》りが感じられるのでもわかる。とにかく、彼はドスト氏に、青臭いとも、根源的ともいえる問いを飽かず投げかけていく。いや、むしろそれは、問いというより独白と呼ぶべき性質のものであったかもしれない。

《「ドスト氏よ。生きるということはどういうことなのか」

「ドスト氏よ。愛とはなんだろうか。女とはなんだろうか。炎天に狂っているのか。キザなことが言えるのは、体が解《ほど》けているせいか。」》（「日向《ひなた》の蒟蒻《こんにゃく》」）

《「小説というのは、男女のことを書くものではないでしょうか」》（「楽浪や志賀」）

《「女房を要約すると何になりますか」

「嫉妬《しっと》ですよ。ずばりヤキモチ。我等が悩まされているのは、これです。夫婦生活を成立させているものは嫉妬であり、これを破壊するのも、ずばり嫉妬です」

「そこで、女房だけはいつも他人という言葉が生きてくるんですね」

「そうです。妻も哀れ、夫も哀れ。父も母も同胞《きょうだい》も子供も、私に嫉妬しないんです。女房だけは嫉妬します。それが妻というものです」》（「吉野の梅」）

《「多分、夫婦というものが、なにか相手を許して、しっくりゆくのはお互いが六十歳を越えてからじゃないでしょうか。そのときは、女としての女房も終っているし、働き手としての男も終っている」

「それまでは戦争ですね」》(「あとは能登なれ」)

これはほとんどそのまま『人殺し』の主題ではないかと思われる。『人殺し』の表層をなぞっていくかぎりでは、それはいかにも中年男と酒場のホステスという男と女の「情痴」の物語であるかに見えるが、そこにこの『なんじゃもんじゃ』を重ね合わせると、それは夫と妻というもうひとつの男と女の物語であることが明瞭《めいりょう》になってくる。

確かに、男としての主人公は、女としてのホステスの言動に、困惑したり、愛情を感じたり、憐憫《れんびん》の情を抱いたり、嫌悪《けんお》したりする。そのディテールには華やいだ美しさがあるが、たとえば、生むことのできなかった子らに戒名をつけてまつっているという妻の挿話の持つリアリティーに照り返されると、一挙に色を失ってしまう。その時、『人殺し』の世界を靄《もや》のように覆《おお》っているのが、ホステスではなく、妻の官能だということに気づかされる。主人公が望んでいるのは、小さく神経を病んでいる妻の治癒《ちゆ》のはずである。しかし、そのためにホステスと関係を持ったり遠隔地に入院したりという屈折した方法がとられる時、彼が真に望んでいるのは、むしろその「靄」からの脱出ではなかったかと思えてくる。

主人公は、内部に、厄介《やっかい》で、自らの生存を危くするような問いを抱えこんでしまっているのだが、答は「靄」にかすんで見えてこない。だからこそ、彼は妻と距離をとることを望んだのだ。物理的に距離をとることで、妻との距離を見定め、自分の立っている地点を見出《みいだ》そうとしたのだ。

一方、『迷惑旅行』と『血族』との間には、『なんじゃもんじゃ』と『人殺し』との間にあった緊張した相互関係はなくなっている。何より、『迷惑旅行』の旅自体に、『なんじゃもんじゃ』の時のような切迫した息づかいが聞こえなくなっているのだ。ドスト氏とさして深刻な問答がなされるわけでもなく、宿と、風景と、料理と、酒との間を、ただ揺蕩《たゆた》っているばかりのように見える。相いも変わらず山口瞳の気苦労は絶えないが、その苦労を愉《たの》しんでいる様子さえうかがえる。途中、ドスト氏宅の火事という大事件に見舞われるが、それすらも二人はさしてうろたえることなく切り抜けていく。

『迷惑旅行』に漂っているこの余裕は、ひとつには、ドスト氏との旅に写生旅行というスタイルが確立され、無理に全編に通底するテーマを設定する必要がなくなったことによっているだろう。また、『なんじゃもんじゃ』の旅から八年という歳月が、旅にあまり多くのものを求めさせなくなったのかもしれない。

だが、もちろん、『迷惑旅行』が『血族』の成立に密接な関係を持っていることは、『なんじゃもんじゃ』の『人殺し』における場合と変わらない。『迷惑旅行』の「知多半島、篠島《しのじま》、大夕焼」の章は、『血族』の登場人物のひとりである伯父についての取材行を兼ねていたともいえるし、「父祖の地佐賀、塩田町久間冬野《くまふゆの》」への旅は、彼の『血族』への旅に終止符を打たせる重要な意味を持つものだった。『血族』は、『迷惑旅行』の中の《ともかく、いま、私は、父祖の地、塩田町久間冬野の田の中に立ったのである》という一行に到達するために、三百ページ余を必要としたのだとさえいえる。

『血族』は第二十六節を境に、はっきり前半と後半とに分けられる。雑駁《ざっぱく》ないい方をあえてすれば、前半は一冊のアルバムから「謎《なぞ》」を抽出する私小説的部分、後半はその「謎」を追求していくルポルタージュ的部分、ということになる。これまで『男性自身』をはじめとするさまざまな作品の中で、微《かす》かに見え隠れしていた私小説的な断片が、一本の糸でたぐり寄せられ、組み立てられ、一気に「謎」が浮かび上がってくる前半はとりわけ鮮やかである。『血族』の批評の中には、後半のルポルタージュ的部分をより高く評価したものも少なくなかったが、私は素直に肯《うなず》くことができなかった。それをいってしまえばノンフィクション・ライターとしての自分を苦しくしてしまうことになるが、五十年の人生を担保に入れることで成立している前半部分には、ひと夏の探査行を中心にした後半部分がそう簡単に追いつくことのできない、圧倒的な質量感がある。

後半部分を高く評価する人に共通の傾向は、これを「ルーツ」を求める物語と解することにあった。だが、親の代からの都市生活者にとって、「根」がないことは自明の前提なのである。あえて「根」を求めなければならない必然性はない。山口瞳が『血族』で行なおうとしたのは、「ルーツ」を求めるというような曖昧《あいまい》なことではなく、もっと明快に母親の像を確定することだったというべきである。二十八節の《私は、次第に、母を知ることは自分を知ることだという思いが強くなっていった》という一行は、『血族』のモチーフを簡潔に現している。母の正確な像をつかみたいという思いは、深いところで自分自身を知りたいという欲求とつながっていたのだ。

山口瞳ほど縦横に自己を語ってきた作家は珍らしいと思われるが、いざその核となる部分がどのようなものから成っているのかを考えてみると、わかっていたつもりのものが不意にぼんやりしはじめる。大正十五年生まれの、東京育ちの、戦中派の、サラリーマン経験のある、妻ひとり子ひとりの……といくら年譜的事実を数え上げていっても大した役には立たない。『血族』に挟《はさ》みこまれている栞《しおり》に吉行淳之介も書いている。

《山口瞳とは親しい仲である。しかし、時折、彼のものを考える角度について腑《ふ》に落ちないときがあった》

しかし、山口瞳のわかりにくさは、他人にとってばかりでなく、彼自身にとっても同じようにあったのではないかと思われる。「母を知ることは自分を知ることだ」というのは、考えようによってはかなり異様な言葉だが、その根底に自分が自分でよくわかってはいないという認識があることは充分に推測できる。

彼には独特の欠落感があるのだ。ドスト氏こと関保寿が山口瞳の絵について書いた短文の中に、《なわ飛びに入りそこねた少女のように》（『湖沼学入門』文庫解説）という一行がある。その言葉は山口瞳に向けて使われたものではなかったが、彼の欠落感を表現するのにこれほど的確な比喩《ひゆ》はない。まさに、山口瞳は、いつか、どこかで、なわ飛びに入りそこねてしまったのだ。彼が自分を知ろうとする時、その淵源《えんげん》がどこにあったのかを明らかにするという道を辿《たど》るのは、当然のことであった。そして、それがすべて母親に通じる道だったのだ。

彼にとって母親は、自分の内部から叩《たた》き出そうとしてついに叩き出せない存在としてあった。しかし、一度はどうしても叩き出さなければならぬ必然性があった。そうしない限り、自分の中に分かちがたくある母親に紛れて、自身が見えてこないからだ。『血族』は、自分の外部に確固とした母親の像を形象化することで、その正確な距離を見極めようとしたものではないかと思われる。距離によって自分の立っている地点を明らかにするために、である。

この時、山口瞳にとって『血族』が、『人殺し』とほとんど同じ意味を持っていたことに気づくのである。『人殺し』は妻からの、『血族』は母からの、それぞれ距離を明らかにすることで、自身の立っている地点を定めようとしたものではないか。あるいは、自分の存在を支えている核心的な一点を見つけようとしたものではないか、と思い到《いた》るからだ。それは、この世に生を享《う》けた最初の時に、《私は、大正十五年一月十九日に、東京府荏原《えばら》郡入新井《いりあらい》町大字不入斗《いりやまず》八百三十番地で生まれた。しかし、私の誕生日は同年十一月三日である。母が私にそう言ったのである》という不安を与えられてしまった者にとって、極めて切実な願望だったはずである。

あるいは、山口瞳のすべての作品は、自分に固有のその「一点」を求めるためのものであるのかもしれない。そう考える時、あの「グシャ」氏に対する山口瞳の否定の激しさが僅《わず》かながら理解できるようになる。すなわち、あれは確固たる「一点」からの否定ではなく、否定をすることでその「一点」を求めようとしていたのだ、と。彼には、物事のすべてを一元的に律し切ることのできる、思想も、宗教も、体験も、記憶もない。だから、彼はひとつひとつ、肯定するか否定するかと振りわけていかなければならない。否定することで黒く塗りつぶし、彼の「一点」のありうべき場所を少しずつ狭めていく。そうすることでしか、そこに錘《おも》りをたらし、揺がぬ自分を作りうる「一点」を見つけることはできないからだ。

3

ある時、知人から芝居に誘われた。ニール・サイモンの『映画に出たい！』というコメディーだった。翻訳劇はあまり好きではなかったが、ニール・サイモンの芝居が日本でどのように演じられるのか興味を覚えた。あるいは、このスタッフならニール・サイモンの軽妙で洒落《しゃれ》た雰囲気が出せるかもしれない。私は久し振りに劇場に足を運んでみる気になった。

待ち合わせの場所は渋谷パルコの一階のコーヒー・ハウスだった。劇場が西武劇場だったからだ。

知人が見物に誘ったのは私以外にも何人かいるということだったが、それがどんな人なのかは聞いていなかった。そのため、約束の三十分前に着いてしまった私は、どうしようかと迷った。店に入り、どこかに坐《すわ》って本でも読んでいればいいのだが、何人か来るという他の人の席と離れて坐り、あとで席を移ったりするのも面倒な気がした。私は知人が来るまで外で待つことにした。

ベンチに坐り、ガラス越しに店の中を眺めていると、実に雑多な人たちが雑多な格好でおしゃべりをしている。

ぼんやり眼をやっているうちに、ふと、店のいちばん奥の、いちばん隅に、軽く浮き立つようなその場と異質の雰囲気を漂わせた中年の男性がいるのに気がついた。山口瞳によく似た人だった。公園通りのパルコのコーヒー・ハウスと山口瞳はあまり似つかわしくないようにも思えたが、よく見るとやはり彼だった。

山口瞳はコーヒー・ハウスにポツンとひとりで坐っていた。あらためて彼を見ると、地味な服装をしているからというばかりでなく、どこかにその空間と馴染《なじ》まないものを持っている。いちばん隅のテーブルにつき、周囲に眼を配っている彼の姿には、あたかも不良少年がドスを呑《の》んで敵地に乗り込んできたかのような緊張感と孤立無援の雰囲気が漂っていた。山口瞳には、不良少年がそのまま中年になってしまったような、気負いと凶々《まがまが》しさと怯《おび》えとが同居しているようなところが感じられた。

やがて時間になり、知人が姿を現すと、山口瞳の席の前に坐った。なんと、一緒に見ることになっている何人かのひとりとは、山口瞳のことだったのだ。

芝居は、ロサンゼルスに住む売れない脚本家のもとに、別れた妻のところに残してきた娘がニューヨークからやって来る、という設定のものだった。初対面も同然の父と娘が珍妙なやりとりをしていく中で、笑わせたりホロリとさせたりするという、いかにもニール・サイモン風の小品だったが、存外面白かった。

幕が下りたあとで、私は山口瞳がどのような感想を述べるか興味をもって待った。ゾロゾロと出口に向かう観客の列に従って歩きながら、彼が放った第一声は、

「ドジャースがロサンゼルスにあるというのは、どうも妙な気がしますね」

という意外なものだった。

芝居の中に、ドジャースの試合を見に行こうという台詞《せりふ》があり、彼はそのことを指して言っていたのだ。かつて、ドジャースの本拠地はニューヨークにあった。ロサンゼルス・ドジャースではなく、ブルックリン・ドジャースだったのだ。

しかし、私に物心がつき、野球に関心を持ち出した頃には、すでに巨人のキャンプ相手としてロサンゼルスのドジャースが存在しており、なんの不都合もなくロサンゼルス・ドジャースを受け入れていた。私が山口瞳にそう言うと、

「そうですか。……しかし、ドジャースがロサンゼルスというのは、どうも、ね」

と繰り返した。

私は山口瞳のいささか頑《かたく》なな台詞を聞きながら、ああ、これはあの老人とまったく同じだな、と思っていた。ピート・ハミルというジャーナリスト出身の作家が書いた『ニューヨーク・スケッチブック』の中に出てくる老人だ。

『ニューヨーク・スケッチブック』は、ニューヨークに住む男や女を、ほんの一瞬の情景を通して描いた、エッセイとも掌編《しょうへん》小説ともつかぬ、まさにスケッチとしか呼びようがない作品だが、その中に、ドジャースがロサンゼルスに行ってしまったことにどうしても馴染めない老人が出てくる。彼は、ドジャースのオーナーであるウォルター・オマリーについて、こんな風に言ったりする。

《「ドジャースの本拠地を向こうに移すなんて、やつは見下げ果てた男だ。おかげでみんな、どんなに悲しんだことか。やつがブルックリンに加えた仕打ちは、この先みんな忘れんだろうて」》

彼が壮年時代に迎えた男の盛りはドジャースと共にあったのだ。造船所で油まみれになりながら働いて家に戻り、五人の幼い息子たちとドジャースについての冗談をいい合いながら酒を飲む。しかし、いま、ドジャースはブルックリンを去り、息子たちも出ていって、ひとりアパートに取り残されている。彼には、恐らく、あの時代、ドジャースがブルックリンを去る前の時代こそが自分の時代、自分の「黄金時代」であったという思いがある。オマリーが許せないのは、だからなのだ。

ふと、山口瞳にとって「黄金時代」とはいつのことだろうという考えが脳裡《のうり》に浮かんだ。もちろん『ニューヨーク・スケッチブック』に出てくる老人ほど齢《とし》をとっているわけではないが、壮年時代のいつか、青年時代のいつか、あるいは少年時代のいつかに、輝かしい、侵すべからざる、絶対の時代というのを、持ったことがあるのだろうか。たとえば、山口夫人が抱いている「あの社宅に住んでいた頃はよかった」というような時代が、果して山口瞳にあったのだろうか。辛うじてあるとすれば、少年野球の選手であった頃かもしれない。しかし、その時代が無垢《むく》に輝くためには、山口少年の「欠落感」はあまりにも深すぎたように思われる。

恐らく、彼にとって「黄金時代」とは、まだ一度も訪れていない時代なのだ。だからこそ、彼は飽くことなく「安穏な生活」の幻を追いつづけることができる。

《安穏な生活が送りたい》(『人殺し』)

それが『人殺し』の主人公の唯一《ゆいいつ》の望みである。その望みは、『男性自身』で何度も繰り返される歌でもある。しかし、彼は書くことで、ギリギリと自身に固有の「一点」に接近し、同時に次第に「安穏な生活」から遠くなっていく。
ブルックリンの老人は、久し振りに帰ってきた息子に誘われて酒場めぐりをする。彼は「四つの薔薇《ばら》」という名のバーボンを飲みつづけ、ひとりでアパートに帰って、倒れてしまう。ただそれだけの人生だが、彼には間違いなく、「黄金時代」が一度はあった。

（一九八三年二月）

無頼の背中　色川武大《いろかわたけひろ》

1

私は色川武大を『怪しい来客簿』で初めて知った。読んで、驚いた。世の中には、ただこちらが知らないだけで、怖《おそ》ろしい人がいるものなのだな、と思った。『怪しい来客簿』は、久し振りに読む、凄味《すごみ》のある作品だった。その凄味は、作品に登場してくる人物の凄味である以上に、全編に見え隠れする「私」という存在の持っている凄味であるように思えた。たとえば、自分が紹介した地下の賭場《とば》で、友人が破滅を望んでいるかのように張り急ぎをしているのを知り、その賭場に電話をする。

《「もうそのへんを限度で貸さないでください――」と私はいった。「堅気の人だし、そのくらいでぶち折れはしないけど、細く長く遊ばせて欲しいンだ。いい客なんだからね」》

賭場にこのような電話をさりげなくかけられる存在だということにまず圧倒されて

しまうが、しかも、友人に対してそのような配慮をする「私」は、自分が体をこわし、入院した先の医師に手術上のミスを犯されると、生死の境に連れていかれているのにもかかわらず、密《ひそ》かに「名医」と名づけている担当医に対してこんなふうに思ったりする。

《ただ一言、再手術、すっとそう吐きだせばいい。それがどうしても吐きだせない。そのために不手際《ふてぎわ》が深まっていく。そこがなんとなく嬉《うれ》しい。友人を得たような気になる。

とどのつまり、名医の誘導で大学病院の内科に行き、「どうして、こんなになるまで放っておいたのだろう」といわれたが私は驚かなかった。それでこそ私の名医である。仰々《ぎょうぎょう》しくいえば、私は命を賭けて友人を得ようとしているかのようであった》

これが単なる強がりや粋《いき》がりでないことはここまで読んできた人にならすぐわかるようになっているのだ。

『怪しい来客簿』は、それぞれが独立した十七の短編から成っているが、その底に共通の音楽が流れていないわけではない。音楽というのが大袈裟《おおげさ》ならば気配といってもいい。それはたとえるなら、後姿に漂っている苦笑のようなものだ。口元にではなく、背中に浮かんでいる苦笑である。

ここに登場してくる人々は、友人であれ親類であれ路傍の人であれ、すべて自分が生きてきた時代にどこかの場所ですれちがってきた人ばかりである。彼らは、奇矯《ききょう》であったり、偏頗《へんぱ》であったり、屈託をうちに抱え込んでいたりするのだが、多くはその不器用さによって世の中とうまく折り合うことができず、滅びるようにして消えていく。色川武大には彼らに対する切実な同類意識があるのだが、それにもかかわらず、自分だけはどうにか世の中と折り合いをつけることで生き永らえ、いまこうしてこんな文章を書いているということに対する恥ずかしさがある。しかし同時に、自分に対するその苦そうな笑いの気配が、『怪しい来客簿』の語り口を独特なものにしていた。

だから、色川武大が『黒い布』で中央公論新人賞を受けてから、この『怪しい来客簿』を書き上げるまで、十数年間も沈黙していたということを知って意外な感じを持った。『怪しい来客簿』には、一朝一夕にできたとは思えない、確固たるスタイルがあったからだ。なぜ十数年も書かなかったのだろう。

《〝黒い布〟を発表してから十年ほど、いつも小説を書きたいと思っていながら私は何も書くことができなかった》

後に、自らの青春とからめて生家について描くことになる『生家へ』のあとがきを素直に受け止めれば、書かなかったのではなく書けなかったのだということになる。では、なぜ書けなかったのか。

色川武大が阿佐田哲也《あさだてつや》であるということは知っていた。知っていたといっても、阿佐田哲也の文章はほとんど読んでいなかったのだから、同一人物らしいという以上には何ひとつわかっていなかったに等しい。阿佐田哲也の『麻雀《マージャン》放浪記』を読んだのは、色川武大の面識を得るようになってからである。その頃ちょうど文庫版が出はじめたのだ。

『麻雀放浪記』の四冊は、文庫版の解説やカバーに記されている何人もの読み巧者の弁の通り、素晴らしく面白い読物だった。まず刊行された青春編と風雲編をまたたく間に読み終えてしまった私は、続刊とされている激闘編と番外編の出るのが待ち遠しかった。文庫が刊行されるのを心待ちにするなどということは初めての経験だった。

しかし、全四冊を子供の頃に愛読した剣豪小説と同じように夢中になって読んだあとで、微妙な違和感を覚えた。作品そのものにではなく、実際に接したことのある色川武大の風貌《ふうぼう》と、この『麻雀放浪記』の持っている雰囲気との間には、僅《わず》かだが重要な差異があるような気がしたのだ。鋭く激しく、しかし鈍くも重くもあるという彼の風貌に比べ、この小説はあまりにも明るく乾きすぎている。言いすぎを覚悟でいってしまえば、どこか軽いのだ。とりわけ、主人公の「坊や哲」には、明瞭《めいりょう》な輪郭と重量を兼ね備えている他の登場人物と異なる、奇妙な軽さがある。

色川武大と初めて会った時、瞬間的に感じたのは、ああ、この人は修羅場をくぐってきた人だな、ということであった。たとえその修羅の場が喧嘩《けんか》であれ博奕《ばくち》であれ女出入りであれ、進むも地獄、退くも地獄という絶望的な状況の中で、髪が一晩で白くなるような恐怖を覚えながらどうにか切り抜けてきた、という経験を繰り返してきた人のように思えたのだ。もちろん、『麻雀放浪記』にも壮絶な修羅場が出てこないわけではない。しかし、そこではたとえ血の雨が降ってもサラサラと流れていってしまい、床にねっとりとこびりつくことがないのではないかと思わせるようなところがある。透明で、軽快ですらあるのだ。私にはそれが不思議でならなかった。色川武大が実際にかいくぐってきた修羅場がそのようなものだったとはどうしても思えなかったからだ。

もっとも、その理由を『麻雀放浪記』がエンターテインメントの作品だったからということで説明する方法もある。スピード感がなければ読んでもらえないから、と。それで納得できないこともないが、しかし私には、色川武大の書く、いわゆる純文学的な作品と、阿佐田哲也の書く娯楽小説風の作品との間に、あまり大きなちがいを見《み》出《いだ》せないのだ。コインの裏と表、レコードのA面とB面ですらなく、縄のようにないまぜになってひとつのものとなっている。たとえば、ここで取り上げる『新麻雀放浪記』にしても、同じ阿佐田哲也の『麻雀放浪記』の続編としてではなく、色川武大の『生家へ』につながるものだと考えられなくもないのである。

なぜ色川武大は色川武大として十数年ものあいだ書くことができなかったのか。その「書けない時代」に書いていた阿佐田哲也の麻雀小説に色川武大の風貌との落差があるのはどうしてか。――その二つは、私が色川武大を知るようになってからも、永く抱きつづけてきた疑問といってよかった。

2

この夏、ストックホルム、ヘルシンキ、チューリッヒ、パリ、マドリードと、ヨーロッパの町を転々としながら、私は色川武大の本を大量に持ち歩き、それを発表順に一冊ずつ読み返していった。日本を離れる前にこの文章が書き上がらなかったためだが、時に列車の待合室で、時にカフェの店先でと、異国の言葉のざわめきの中で読み進めていくうちに、以前には気がつかなかったいくつかのことに理解が及ぶようになった。そのひとつは、色川武大における『黒い布』という作品の持っている意味の大きさである。

『黒い布』は、昭和三十六年に中央公論新人賞を受けた色川武大の文壇的な意味での処女作である。退役した海軍軍人の老父と無頼の生活を送っている息子との屈折した交情を描いたもの、などと要約しても、この小説の異様なまでの迫力を伝えたことには少しもならない。ストーリーは、「異様な迫力」といった常套《じょうとう》的な表現を使うより仕方のない、実に説明しがたいものではあるが、その迫力が何によって生み出されたのかははっきりさせることができる。それは主人公の草弥という老人の孤立の凄《すさ》まじさによっているのだ。色川武大の父親をモデルにしたらしいこの老人は、世間から孤立し、家族から孤立し、しかし傲然《ごうぜん》として身を屈することがない。自ら意志した孤立を頑強に守り通そうとする姿は滑稽でもあり悲痛でもあるが、その孤立の徹底した深さによって、主人公の老人は古木にも似た、つまり物そのものに近い確固とした存在感を持つに到《いた》るのだ。私がとりわけいまこの『黒い布』に惹《ひ》かれるのは、私もまた異国で小さな孤立を味わっているためかとも思う。しかし、それだけではないはずだ。《草弥の太股《ふともも》から足首までが、暗紫色に火ぶくれになっていた。

「炬燵《こたつ》に入りっきりで眠っちゃうからな」と草弥は息子の方に顔を向けて呟《つぶや》いた。
それから何かを噴《ふ》くように笑った》
この最後のシーンにおける老人の哄笑《こうしょう》は虚《むな》しいものとして描かれているが、読んでいる者を不安に陥《おとしい》れ、一気に遠くへ連れ去っていくような力がある。それこそが小説の力であり、またこの作品の力でもあったろう。だが、色川武大はこの『黒い布』という佳作を残して、ほとんど沈黙してしまう。それはなぜだったのか。私には、この『黒い布』を改めて読み直すことで、その理由がおぼろげながら見えてきたような気がするのだ。
色川武大が小説を書こうとした時、恐らくテーマは《身体が甘酸《あまず》っぱくなるほど執着し、外形はともかく、気分のうえではずっともつれあって生きてきた》という父親の存在しかありえなかった。四十すぎの初子だったために、父親は彼なりの流儀で息子を溺愛《できあい》する。三歳頃から読み書きそろばんを教え、小学校に入ると一緒についていって一日中教室のうしろで授業の様子を見ている。やがて父親はその溺愛した息子に次第に幻滅していくことになるが、当の息子にとって父親は極めて迷惑な存在でありながら同時に極めて気になる存在でありつづけた。しかも戦後の混乱期に父親はますます老い、さらに孤立を深めていく。それを眺めている息子には、少なくとも、この孤立だけは書くに値する何かであると思えたのだろう。そして、その孤立の無残さを徹底的に描き切った時に、この老人のいっそ純粋と呼びたいくらいの倨傲《きょごう》が輝きはじめ、逆に救済することに成功してしまうのである。

『生家へ』の中に、受賞第一作を書こうとして、「夏には水をガブガブ吞《の》む。それが弥助の健康法である」という一行を書いただけで行きづまってしまう挿話が出てくる。その一行から推測するかぎりでは、彼は自分から離れた外部に物語を作り出そうとしていたかに見える。だが、『黒い布』が力のある作品になったのは、父親という圧倒的なモデルが存在していたからであり、もしそれに匹敵するものを書こうとすれば、当時の若い彼にとっては自分自身を素材とする以外なかったはずである。父親と同じかそれ以上に綿密に見つづけている存在がいたとすれば、それは彼自身しかいなかったからである。しかし、彼の視線は内に向かわず外に向かった。多分、若い色川武大には自分自身を書く準備ができていなかったのだろう。準備とは、自分をどう描くかという方法をさぐり当てることであり、それ以上に、曖昧《あいまい》なままで済んでいる周囲の人間との関係を明確にしていく覚悟を決めることである。陽の光にさらされた「関係」は、自分だけでなく他人をも傷つける。当然それは現実の生活の中で返り血を浴びることにもなるのだ。『黒い布』では、父の視点から自分を見させることで自身の内面の表白を巧みに避け、しかもそれが卓抜な自己批評にもなっているという効果を上げることになったが、真正面から自分を書こうとすれば、どういうかたちであれ内面が露出していき、「関係」に新たな緊張を加えることになる。だが当時の彼は、生活自体が極めて流動的であり、「関係」を明確にすることで自分が坐《すわ》らなければならない位置をはっきりさせてしまうことを、どこかで恐れていたのではないかという気がする。とにかく《爾来《じらい》十六七年、私は小説というものから逃げるようにばかりして来た。小説ばかりでなく、あいかわらず、自分自身からも遠ざかろうとしていた》(『生家へ』)のである。それが色川武大としての筆を鈍らせた。

3

色川武大はなぜ書けなかったのか。その問いは同時に阿佐田哲也はなぜ書けたのかという問いを内包することになる。

古川凱章《がいしょう》によれば、『黒い布』以後の色川武大はさまざまな名前を用い、さまざまなジャンルの文章を書いていたというが、やがてそれは『麻雀放浪記』という傑作の誕生とともに阿佐田哲也の名ひとつに収斂《しゅうれん》されていく。

彼はなぜ博奕小説、その代表作としての『麻雀放浪記』なら書けたのか。その答えは、少年だった彼がどうして博奕の世界にだけはすんなりと入っていけたのか、という理由と深く関わっている。

吉行淳之介の『恐怖対談』シリーズには、色川武大との対談「赤いポチポチ変幻篇」も収められているが、その中に吉行の言葉として「うずくまる」という表現が出てくる。自分の叔父が地面を活発に暴れながら学校からはみ出していくタイプだとすれば、色川は地面にどんよりうずくまることで学校からそれていくタイプだったのではないかと評している。確かに、少年時代に関する色川武大の記述を読むと、学校をサボっては浅草などをうろついているのにもかかわらず、なぜか常に地面にしゃがみ込んでいるという印象が強く残る。

うずくまる少年の、いわゆる「劣等」への道は、自分の頭の形がいびつだという奇形意識から始まった、と色川武大は言う。人と頭の形がちがうという意識は、人並なことをするのが恥ずかしいという意識を生み、当り前の振るまい方がわからないというところまでいく。列を離れることを覚え、苦笑することを身につけ、ひとり遊びを好み、街をうろつくようになる。そして、ますます学校での「劣等」のレッテルは確固たるものになっていく。

このような少年が、転校を夢見るのは容易に想像がつくことだ。やはり『生家へ』の中に、転校をするのだという思いつきを口に出してしまい、級友たちが急にやさしくしはじめてくれたことであとにひけなくなり、本当に引っ越してくれないかと心から願った、という挿話が記されている。彼にとって、転校は常に潜在的な願望であったのだろう。どこでもいいから転校さえできれば、今までのレッテルをはがし、学校というもうひとつの社会の中で繁茂した「関係」を切り捨て、もう一度はじめからやり直せる。

少年の色川武大にとって、博奕場に入っていくというのは、一種の転校だったのではあるまいか。そこでは学歴が問われるわけでもなく、これまでの成績や素行を明らかにする必要はない。場が立つ時に、博奕というものだけを通して人と関わり、その瞬間だけを全力をつくして生き切ればいい。博奕場は彼にとって理想的な学校だった。そこでだけは、彼は自分の振るまい方が簡単に理解できたのだ。

《ここには、勝者と敗者きり居なかった。この点は痛快なほど単純だった。私自身もそのどちらかの態度をふるまっていればよかった。私はここで弱者をなめることを覚え、強者からいたぶられることを当然と考えるようになった》（『麻雀放浪記』青春編）

彼にとって博奕場は、自分はさほど「劣等」ではないのだという呟きを証明する場であり、一種の「社会的教養」を身につける場であり、「刹那《せつな》」の昂揚《こうよう》と沈降に身を焼くことのできる場であり、なにより自分が自由になり、時には自分以上の自分になれる場であった。

色川武大が阿佐田哲也として博奕小説なら書けた理由は明らかなように思われる。そこに出入りしている彼は、家庭や学校といった日常的な人間の「関係」と切り離された、ある意味で虚構化された存在といえるものだった。場合によっては自ら意志して自身を虚構化していったかもしれない。彼の麻雀小説は、そのような虚構としての自分をモデルにすればよかった。その道筋を辿《たど》ればよかった。「自分自身から遠ざかろう」としていた彼が、博奕場における自分なら書けたのは、それが「関係」を捨象した、かりそめの空間での一瞬、一瞬を書けばよかったからだ。私が感じた『麻雀放浪記』における「坊や哲」の軽さとは、彼が最も大事な「関係」を捨象することではじめて存在しえている、ということによって生じたものだったかもしれない。

4

しかし、いくら切り捨てたといっても、「坊や哲」が作者のどこかの部分を引きずっているかぎり、どうしても滲《にじ》んできてしまう「関係」がある。たとえば、「坊や哲」は博奕に負けると生家に戻ることがあるが、それはそのような行動を受け入れる肉親の存在を暗示している。あるいは、激闘編には中学の同級生との思いがけない遭遇が描かれている。突然麻雀屋で出会ったサラリーマンの友人を麻雀で痛めつけ、脅すようにして金を取り上げた時、その友人に「せめて定職につけよ。そばに寄ると臭くて、まるで犬か豚のようだぜ」と吐き棄《す》てられる。ここでは麻雀屋ということになっているが、博奕帰りの電車の中だったり路上だったり、思いがけない場所で級友に出食わし、恥じ入ったり居直ったりというシーンは、他の作品にもよく出てくる。恐らく、似たようなことが現実にあったのだろう。博奕場で虚構化された自分として生きているのに、そこを出たとたん不意に「関係」の中に引き戻される。その落差の大きさが、彼に強烈な印象を残したものと思われる。実際、激闘編におけるそのシーンは、他の部分とは異なる妙な生々しさがある。

やがて色川武大の名で書くことになる『怪しい来客簿』は、そのいやおうなく滲んできてしまうものを、意識的に掬《すく》い上げ、定着させてみようとしたものといえるかもしれない。そして、それに見事に成功したということは、「関係」の中の自分をようやく自由に書けるようになったということであったろう。なぜそれが可能になったのか。それは多分、「阿佐田哲也」を生きているうちに自分の居る場所がいつの間にかできてしまい、自分の坐る位置がいつの間にか決まってしまい、これから自分がどうなるか自分にもわからないといった流動性が薄まってきたためではないかとも思う。自分を取り巻いていた「関係」の小さなひとつひとつに、ある種の結着をつけることが不可能ではなくなったということであったかもしれない。

この『怪しい来客簿』から『生家へ』は一歩である。『生家へ』で、彼は生家というものが喚起するさまざまな夢魔について語りながら、結局はゆっくりと自分について語りはじめたのだ。それは彼の内部で、自らの生が肯定とも否定ともちがうかたちで整理がついたことを意味するのだろう。だが、そのような文章を書くということは、色川武大が『小説阿佐田哲也』で半分おどけながら自嘲《じちょう》しているように、それ自体で屹立《きつりつ》し輝いていた「坊や哲」の刹那を、「関係」の中に取り籠《こ》めてしまう結果になった。

《それから、決定的に阿呆《あほう》なことをやった。

名前を変えて、普通の小説を書いたのである。それも、阿佐田哲也として功なり名とげたから、文芸趣味を満足させてみよう、というならまだよろしい。

なんと、以前から小説書き志望で、麻雀小説の前にも、ちがう名前で新人賞など貰《もら》っているんだとさ。

ばかやろう》

しかし、一度自己を語りはじめたら途中でやめるわけにはいかないのだ。『生家へ』で断片的に語られていた自己は、『百』に到って弟、母、そして父といった肉親との「関係」を通して全面的に語られていく。同じく父を主題にしたものでありながら、『百』では、『黒い布』の時のように無傷で通過することはできなかった。その滴《したた》る血の音が聞こえてきそうに感じられるのは、たとえば『百』に収録されている「永日」における、弟との電話のやりとりのシーンである。九十歳を超えた父親の老耄《ろうもう》からくる身勝手さに振りまわされつづける弟が、彼に助けを求める電話を寄こす。手がつけられないから来てくれというのを、どうしてもやらなければならない仕事があるからと断ると、弟が再び電話をかけてきて言うのだ。

《「馬鹿野郎《ばかやろう》、俺たちを何だと思ってやがる。手前《てめえ》だけが勝手なことばかりやって、なにが仕事だ。家族を捨てておいて一人前の面《つら》をするな」

「――いうことはそれだけか。切るぞ」

弟からのそのあつかいは至当に近いが、改めて申し渡されるとさまざまの感慨を産んだ。弟はずっと耐えていてそのセリフを今まで一度もぶつけて来なかった。そうし

て私は、ベッドの横の床の上にうずくまって、冷水を含みながら、余人に口外するわけにいかない自分一人の呟きを吐き続けた》

ここからは、作家であろうと知名人であろうと関係ない、無頼の生活から足を洗ったひとりの男の、ただ黙って引き受けるより仕方のない痛みと悲しみが、はっきりと伝わってくる。と同時に、ここまで書きうるということの中に含まれる、正負どちらともいえない作者の自信の存在を明らかに示してもいる。結局自分はそういう生を生きるより仕方がなかったのだ、という色川武大がようやく到達した自己了解の有り様《あよう》を、である。そして、それは、当然のことながら阿佐田哲也の書くものに影響を与えないはずはない。

5

さて、『新麻雀放浪記』である。これは『百』の諸作が書かれるのと相前後して週刊誌に連載されたものだ。中年になった「坊や哲」が、タバコの万引に失敗してぶち込まれた留置場でひとりの大学生と知り合う。なぜか離れがたくなった二人は、外に出てから「師匠」「ヒヨッ子」と呼び合いながら博奕場の行脚《あんぎゃ》をする。哲はヒヨッ子に博奕の要諦《ようてい》について講釈するが、どこでも格好よく勝つというわけにはいかない。むしろ負けつづけるといった方がいい。ところがひょんなことから行くことになったマカオのカジノで……というわけである。

しかしこれは、麻雀放浪記の名はついているが、そして同じように主人公として「坊や哲」が出てくるが、あの『麻雀放浪記』とは別のものである。『麻雀放浪記』の四巻もそれぞれ異なる色調を持っていたが、その四巻とこの『新麻雀放浪記』とは、本質的なところでの違いがある。『麻雀放浪記』が青春の文学であったのに対し、『新麻雀放浪記』はそうではないということだ。青春の文学であるかないかは、著者の年齢や主人公の年代とは直接の関係はない。『麻雀放浪記』の哲が青春の渦中《かちゅう》にあると感じられるのは、彼が底のところで途方に暮れているからである。自分が何者であるのかわからないまま、ただ走りつづけている。眼の前に闘いの場はあるが、その向こうに何が待っているのか少しもわかっていない。しかし、『新麻雀放浪記』の哲は、明らかに自分について何かを了解し、納得してしまっている様子がうかがえる。だからこそ、ヒヨッ子に、あれほど能弁に博奕について語ることができるのだ。哲にとって博奕についてということは、ほとんど人生について語っているに等しい意味を持つ。

《「俺は、お前に教えた。おい、大事なことはなんでも教えてやったよ。本当だ。も

う教えることは何もないくらいだ」》

哲がヒヨッ子にこのように語るくだりは、阿佐田哲也の用語でいえば、「唄《うた》ってみな」という時の「唄」に近いが、『麻雀放浪記』の読者なら「坊や哲」がこんなことを言う中年になったのだということに複雑な感慨を抱くはずだ。かつての哲なら、他人にこのように激しく執着することはありえなかったろうし、かりにあったとしてもそれは表には出せなかったろう。ドサ健や女衒《ぜげん》の達や出目徳の息子の三井たちへの愛憎は、博奕を通して初めて生まれてきたもので、それすらも場から立ち去れば消えてしまう性質のものだった。ところが、このヒヨッ子には、持続的な執着を持ちつづけることになるのだ。哲のヒヨッ子への語りかけは、あたかも『生家へ』の次のような感慨と呼応して、虚構の中で仮の親友、仮の息子を作ろうとしたのではないかとさえ思えるほど甘やかな調子がある。

《私は子をつくらなかった。女とも男ともひとつ心で交わらなかった。

それで、もう五十に近い。父親の年齢にはまだ間があるが、さかりはとっくにすぎた。

それで、どうしようか》

最後に近く、それまでどんな博奕をやってもたいした目が出なかった哲が、マカオのカジノで大きく勝ちはじめる。勝って勝って勝ちまくる。しかし、哲には大金を稼がせて老後を安穏《あんのん》に暮らさせるわけにはいかないのだ。だとしたら、作者はどんな終わりを用意しなくてはならないか……。

『麻雀放浪記』の四巻の中でも、すべては終わってしまったのかもしれないという哀感が漂っている番外編が好きな私は、瀕死《ひんし》の白鳥のような哲の唄が聞こえてくるこの『新麻雀放浪記』にはたまらない魅力を感じるが、とりわけ鮮やかに思えるのはその終わらせ方である。私に映画の『地下室のメロディー』を連想させたこのラスト・シーンは実に洒落《しゃれ》ている。別に映画のように盗んだ金がプールに浮いてしまうわけではないが、ひとつのドンデン返しが用意されているのだ。そのいささか苦い最後は、ヒヨッ子という若者に執着し、甘やかな夢を見てしまった哲に対しての、だから半《なか》ば自分自身に対しての、作者が与えた罰であったかもしれない。

もっとも、『黒い布』という作品が、父親の孤立の無残さを描くことで逆に救い上げることになっていたように、哲の仮の息子としてのヒヨッ子が取った行動は、裏切りであるとともに、哲を不幸な金利生活者にさせないための救いの手であったといえないこともないのだが……。

（一九八三年十一月）

事実と虚構の逆説　吉村昭《よしむらあきら》

1

気になっていたことがふたつある。吉村昭の新しい作品を読むたびにそれらのことが気になって仕方がなかった。

ひとつは、吉村昭が一九七七年に発表した『羆嵐《くまあらし》』という書き下ろし作品についてである。いや、もう少し正確に言えば、その作品について書いた私の書評について、である。

その『羆嵐』は、「獣害史上最大の惨劇」といわれる「苫前羆事件《とままえひぐま》」に材を取り、飢えのため人を襲うようになった羆とひとりの猟師との対決を軸に描かれた小説だった。私はこの小説をゲラの段階で読み、短い紙数でその印象を述べた。恐らく、それは『羆嵐』に対する最も早く出た書評だったろう。

かつて吉村昭は「羆」という短編を書いたことがある。私はひとまず『羆嵐』を、この「羆」において短編として完結した世界を、もういちど長編の中で再生してみようとしたものだ、と見なすことにした。そして、その時、最大のモチーフとなったのは、「羆」における「宿命的に相容《あいい》れることのできないものとしての人間と羆」という視点を、もっと大きな人間たちのドラマとして表現したいという欲求だったのではないか、と考えた。

この見方は十年後の今でもほとんど変わっていない。自分の書いた書評が気になるのは、それから以後の部分なのだ。私はこの小説を極めて映像的だと述べたあとで、唐突ともいえる性急さで「方法」の問題に入っていってしまった。

吉村昭は、『戦艦武蔵』によって、「調べた」過程を惜しげもなく捨て、すべての素材を構想力の鉱炉に叩《たた》き込み、そのあとでひとつの生き生きした全体を叙述するという方法を確立した。しかし、その方法による作品を次々と書いていくうちに「疲労感」が蓄積されてきてしまったのではないか。そして、と私は次のように書いた。

《あるいはつまらぬ思い込みにすぎないかもしれないが、吉村昭はこの『羆嵐』でもう一回跳ぼうとしたのではないだろうか。そうだとすれば、「羆」から『羆嵐』への移行は、短編から長編への単純な拡大再生産ではなく、跳躍による質的な変化への願望が秘められているといえるのかもしれない》

私が気に懸《か》かったのは、この中の「跳ぼう」といういささか浅薄な表現である。吉村昭は本当に「跳ぼう」としていたのだろうか。まさに「つまらぬ思い込み」だったのではあるまいか。なぜなら、『羆嵐』以後も、吉村昭は同じようなペースで仕事を続け、その書くものにもさして大きな変化は見られないように思えたからだ。気になっていたもうひとつのことは、吉村昭の「小説」というものに対する強いこだわりである。

吉村昭は、間違いなく小説家である。だが、彼の書いたもののすべてをそのまま素直に小説として受け入れてしまうことには、一種のためらいが感じられる。たとえば、吉村昭を現在の吉村昭たらしめた、その意味では記念碑的な作品となった『戦艦武蔵』を、果して小説と言い切れるだろうか。私は、『戦艦武蔵』を同時代的には読むことができなかったが、ある時、戦後のノンフィクションの系譜をさらうという作業をしていく中で、この作品にぶつかり、ここに現代のノンフィクションのひとつの祖型があったのだと気がつき、驚いたことがあった。そして、その視点は『羆嵐』の書評を書いた時にも前提として存在していた。

《現代のノンフィクションの書き手が、三人称による全体的叙述という方向を目ざそうとする時、その前にはひとつの完成品としての『戦艦武蔵』が大きく立ちはだかっ

ていることに気がつかざるをえない》

だが、書評を書いて以後、吉村昭の座談やインタヴューにできるだけ眼を通すようにしていると、そこでは常に、自分は『戦艦武蔵』をただの小説として書いただけだ、という発言がされていることに気がつくようになった。少なくとも、当人は『戦艦武蔵』をノンフィクションと受け取られることに困惑、あえて言えば嫌悪《けんお》を感じているようなのだ。

最近のあるインタヴューの中でも、吉村は次のように語っている。

《僕は二十年前に『戦艦武蔵』を書きましたが、それまではいわゆるフィクションしか書いていませんでした。たとえば死んだ少女を主人公にした小説など……。『戦艦武蔵』を書いた頃にはノンフィクションという言葉はなかったし、普通の小説として僕は書いた。ノンフィクションという言葉が出て来たのはそれから七、八年後でした。四七、八年頃じゃないでしょうか。その言葉が出てからも、僕はノンフィクションではなく小説を書いているつもりでした》

吉村昭が述べている通り『戦艦武蔵』は小説なのか。もしそうだとすれば、それはノンフィクションの祖型としての意味を失うのだろうか。

私はこの気がかりを解消すべく、『作家のノートⅠ』と『作家のノートⅡ』に収められたエッセイを読みながら、吉村昭の世界をもういちど辿《たど》り返してみることにした。

2

同人雑誌に拠《よ》って粘り強く続けられてきた吉村昭の創作活動は、昭和四十一年の「星への旅」による太宰治賞受賞で世俗的な認知を受けることになるが、そこに到《いた》るまでに実に四作もの芥川賞候補作を送り出している。第四十回芥川賞の「鉄橋」、第四十一回の「貝殻」、第四十六回の「透明標本」、第四十七回の「石の微笑」。吉村昭が苦笑混じりの筆致で書いているように、それだけ多く候補になったということは、それだけ多くの落選した経験を持つということだが、ついに芥川賞を受賞することはなかった。

ところで、これらの作品を初期作品と呼べば、吉村昭の初期作品に共通する特質は、意外にも「創《つく》る」という意志の濃厚なことである。ほとんどすべてに「創る」という強烈な意志と、そのための意匠の工夫が見られる。そのふたつのものが最も鋭いかたちで現れているのは、他の芥川賞候補作よりはるかに緊張した小説空間を作り出すことに成功したと思われる「少女架刑」である。

これは候補作「透明標本」と表裏の構造を持つ短編だが、なによりその設定に書き手の「創る」という意志の存在を強く感じさせるところがある。《呼吸がとまった瞬間から、急にあたりに立ちこめていた濃密な霧が一時に晴れ渡ったような清々《すがすが》しい空気に私はつつまれていた》という書き出しから異様だが、まさにこの作品は、少女である「私」という死体の眼から医大病院の解剖室とそこで作業する人々を見たものなのだ。自らの内臓が、性器が切り刻まれていく様を、死体自身が淡々と叙していく。やがて骨になった「私」は無縁仏の納骨堂で、他の骨たちの軋《きし》む音を聞き、《私の骨は、そのすさまじい音響の中で身をすくませていた》という一節で終わる。

これを書き上げるに際して、医科大学病院の内部でのかなり入念な取材が行なわれたらしいことが想像される。事実、『作家のノートI』の中には、次のような記述が見られる。

《資料蒐集《しゅうしゅう》といえば、五年ほど前、東京の某医科大学の解剖死体収容室にもぐりこんだことが思い出される。部外者の出入りはかたく禁じられているのだが、私は、その大学の解剖学研究室にいるNという友人に頼みこんで三日ほど通いつづけた。（中略）その後、図書館で医学書をあさり、二年間ほどの間に「少女架刑」「透明標本」と題する二作の短篇を書いたが、それを読んだN氏から、「僕の知らなかったことが

書いてある」と、妙な感心をされたことがある》

だが、ここにおける取材は、ひとつの虚構を作りあげるための「材料」集め、「資料」調べの域を出ていなかった。これらの作業によって手に入れられた素材は、原形をとどめぬ形で使われていると思われる。「少女架刑」はまさに「創られた」もの以外のなにものでもなかった。そして、この「創る」という意志の持続の果てに「星への旅」が誕生したのだ。「星への旅」は、後年の吉村昭からすると、異質な印象さえ与えかねない作品だが、初期作品を辿っていくかぎりでは、極めて自然に生み出されたものだろうということが納得される。むしろ、初期作品の流れの中では、その直後に書かれた『戦艦武蔵』こそが異質だったとさえ言えるのだ。

だが、吉村昭を現在の吉村昭たらしめたのが『戦艦武蔵』であることもまた確かである。彼はどのようにしてこれらの初期作品から『戦艦武蔵』の世界へと赴くことができたのだろうか。この『戦艦武蔵』を書き上げるプロセスの中にこそ、ひとりの作家の誕生の秘密が隠されていると思われる。

3

発端は同じ物書きである友人の貸してくれた資料だった、という。自分は明日をも知れぬ手術を受けることになっている。よければ自分の集めた資料をもとに「武蔵」について書いてみないか、と勧められる。病床にある友人の言うことに逆らいたくなかったという、ただそれだけの理由でその資料を持って帰った吉村昭は、しかしほとんど書いてみる気はなかった、ともいう。ところが、それから一年して、ある人物から、次のようなエピソードを聞かされる。

《内藤氏は、建艦にまつわる一挿話を口にした。当時建造に従事した工員たちは、不沈艦としての「武蔵」の能力に絶対な信頼をいだいていただけに、撃沈されたという報《しら》せも容易には信じようとしなかった。そしてその中の老工員の一人は、今でも「武蔵」は南太平洋のどこかに生きている……とかたくなに信じこんで疑わないでいるという》

この時はじめて吉村昭は「武蔵」に眼を向ける契機を手に入れたのだ。しかし、それでもなお、書こうとは思わなかったという。それは、吉村昭に古典的ともいうべき文学観があったからだ。彼が学習院大学の学生だった頃に出していた「赤絵」という同人誌には、すでに《……事実の中には、小説は無い。事実を作者の頭が濾過《ろか》し抽象してこそ、そこに小説が生まれる》という文章が見られるが、この考え方はそれ以後もさほど大きく変化していなかっただろうと思われる。しかし、「武蔵」という対象を前にした時、この文学観では対応できないことを知る。確固とした存在、確固とした事実をどう抽象化することができるのか。いくら考えても不可能という答しか出てこない。だが、「武蔵」とそれにまつわる人々の話は、自分を惹《ひ》きつけてやまない眩《まば》ゆい光を放っている。そこで彼は、自らの文学観と「武蔵」の魅力の相克のひとつの折衷《せっちゅう》案として、小説を書くためではなく、取材日記を書くための取材を続けようと思い決める。

ひとりの人に会い、ひとつの新しい事実を知る。その人がまた別のひとりに導いてくれる鎹《かすがい》になり、またその事実が新しい事実の扉を開ける鍵《かぎ》だったりする。そのたびに吉村昭は抑え切れない興奮を覚え、さらに「武蔵」に引き寄せられていく。

そして、その長い旅の途中で、ひとりの編集者の訪問を受ける。「武蔵」について小説を書いてみないかというのだ。吉村昭は迷った末に、結局は引き受ける。だが、たとえこの時にその編集者が来なくても、吉村はいずれ書いていただろう。「武蔵」を書くことを恐れつつ、書くことを激しく望んでいたに相違ないからだ。吉村が自分を納得させた理由は、戦争の虚《むな》しさ、人間の虚しさを象徴している「武蔵」を書くことで、自らの半生で最大の事件だったこの戦争について、ひとつの答を出せる契機を持てるかもしれないと考えたからである、というものだった。しかし、私には、むしろ取材による事実の発見という、ある意味でスポーツに似た行為の快感が、思いがけず遠くまで連れだしてしまったのではないかという気がしてならない。

やがて、取材から、いよいよ執筆の段階に入っていく。その時、彼の内部にあったのは、「武蔵」についての小説を書く、小説を創り上げる、という思いだったはずである。少なくとも、現在私たちが呼んでいる「ノンフィクション」を書こうという意識がなかったことだけは確かである。そうでなければ、次のようなことは起こりようはずがないからだ。

《正直に告白すると、私はその進水場面を推敲《すいこう》している間に、何度胸にこみ上げてくるものを感じたか知れない。進水時刻が接近した時、私は、工員たちをはげます芹川進水主任に「お誕生が近いぞ」という言葉を自然に与えていた。

その言葉は私の創作であったのだが、進水は船にとっての出産であるという観念は、造船関係者の間で根強いものとして存在しているし、それにもとづいて「お誕生が近いぞ」という科白《せりふ》を創り上げたのだ》

たとえ、どんなにリアリティーのある言葉でも、存在したことが確かめられない限り書いてはならぬというのが、ノンフィクションの鉄則である。この一事をもってしても、これが「創ろう」という意志のもとに、「創られた」ものであることがわかる。これは「小説」であったのだ。

しかし、不思議なことに、そうはわかっていても、完成された『戦艦武蔵』は、他のどのようなノンフィクションよりも完璧《かんぺき》なノンフィクションとして印象されてしまう。いったいなぜなのだろう。

たぶん、それはこういうことなのではないか。

フィクションとノンフィクションとを分けるものは、虚構の有無、つまり事実以外のものをまじえることを受け入れるか否《いな》かということに尽きる。その意味では、『戦艦武蔵』は明らかにフィクションである。だが、フィクションとノンフィクションとを分けるもうひとつのものは、描こうとするものに対する書き手の態度である。ノンフィクションの書き手にとって、対象は外部にある確固としたものである。なぜなら、とにかく自分が見て、あるいは聞いて、存在することを確かめているのだから。彼は「在る」ということを信じ、それをできるだけ忠実に写そうとする。しかし、フィクションの書き手にとっては、書こうとするものが自分の外のどこかに確固としてあるということは稀《まれ》である。少なくとも「在る」ことが自明の前提になりはしない。まず、彼は「在る」ことを読者に信じてもらわなくてはならない。なぜなら、彼自身が在るかどうか確信を持っていないからだ。彼は書くことでそれを「在らしめる」のだ。
だが、『戦艦武蔵』の吉村昭は、創ろうと意志しながら、その主人公である「武蔵」という圧倒的な存在を前にして、ほとんど「在る」ということを信じるに到る。言葉を換えれば、彼の綿密で周到で執拗《しつよう》な取材が、書く前に「武蔵」を「在らしめ」てしまっていたのだ。
《夜が、白々とあけてきた。私は、海面をへだてた巨大なガントリーの中に、はっきりと「武蔵」の姿を見いだしたように思った》
あとは、それを写せばよかった。「在らしめる」必要はなかった。その結果、「戦艦武蔵」は圧倒的な存在感をもって、読者の眼の前に現前することになったのだ。虚構を許容しながら、しかし一個の巨大な塊のような、最高級のノンフィクションに特有の手ざわりがする理由は、恐らくそこにあったのではないかと思われる。つまり、『戦艦武蔵』はフィクションでありながらほとんどノンフィクションでもあるという、極めて逆説的な構造を持つことになったのである。

4

一九六六年に雑誌に発表され、すぐに刊行された『戦艦武蔵』は、吉村自身によれば褒貶《ほうへん》相半ばしたというが、いずれにしても彼にとってかつてなかったほど反響が大きかったことは間違いない。しかも、それに対する評価は時がたつにつれて高まるという、作家にとっては極めて幸福な道を歩んでくれる作品となった。

しかし、吉村はこれでいいのだろうかと思いはじめる。それはひとつには、『戦艦武蔵』が予想以上の読者を獲得したのは、人々の勘違いによるものではないか、戦争へのノスタルジーによって手に取ってくれたのではという懸念《けねん》を抱いたからであり、もうひとつは、この作品が自らの文学観に沿ったものではなかったのではないかという不安を抱いたことによる結果だったと思われる。

だが、偶然に導かれるようにして、そして事実というものの磁力に吸い寄せられるようにして、それ以後もいくつもの戦争を扱った小説、取材を必須《ひっす》の作業とする小説を書いていくことになる。それ以外にもさまざまなスタイルの小説を書いていたが、主力はやはり調べて書く小説だった。そして、吉村昭への評価は、より虚構化の少ないものに、少ないものに、と向けられる傾向があった。しかし、『大本営が震えた日』から『深海の使者』へ到る幾多の傑作を書きながら、吉村昭はどこかで息苦しさを感じていたらしい。

私が『羆嵐』を読んだのは、ちょうどその頃のことだったのだ。その息苦しさを、私は「方法への疲労」と感じたのだろう。読んで、今までと何かが違うと思えた。私はそれを「調べて書く」ということからの跳躍、彼の言う「虚構小説」へのワン・ステップと解したのだ。しかし、それ以後も吉村昭は同じような足取りで次々と作品を発表しつづけた。あれは私の誤読だったのだろうか、と不安になった。自分がノンフィクションの方法にこだわり、自分がその方法に振りまわされているために、あまりにも自分に引きつけた解釈を施しすぎたのではないか……。

だが、『作家のノートⅡ』に収められた「羆について」というエッセイを読むと、やはり『羆嵐』には何かからの脱出の願望が秘められていたことがわかる。

《私は執筆に入った。事件が余りにも劇的で、それだけに文学の世界の中で咀嚼《そしゃく》するのは至難だった。それまで四年ほど取り組んでいた記録小説からの脱皮を考えていた私は、事実を基礎にしたフィクションとしてこの素材をかみくだき、再構築することにつとめた》

私はさほど的をはずしていなかったのだ。しかし、向かおうとしていた方向は、私が想像していたものと微妙に違っていた。「記録小説」の世界から、全面的に自由を発揮できる完全な「虚構小説」に一気に進むのではなく、制約のいくらか少ない、息苦しさのいくらか少ない世界としての「歴史小説」に向かっていったのだ。同じように事実を基礎にしながらも、確かに自由の度合いははるかに大きい。

そこから『冬の鷹《たか》』、『北天の星』、『漂流』、『ふぉん・しぃほるとの娘』という一連の小説が生まれることになるのだが、その作業の向こうに、不意に姿を現したのが、それらとはまったく異なる質の作品だった。

5

その作品の題名は『冷い夏、熱い夏』。だが、この作品をなんと呼んだらいいのだろうか。まずは、日本に伝統的な私小説の系譜に組み入れることが可能かもしれない。ストーリーに関しては、弟の肺癌《はいがん》の発病とその死に到る日々を、兄である「私」の眼から描いたもの、と簡単に要約できてしまう。その意味ではなんの変哲もないものだ。しかし、これを私小説と言ってしまうとどこかそぐわないところが残ってしまう。

それは、篠田一士《しのだはじめ》が『ノンフィクションの言語』で言うように、『冷い夏、熱い夏』がノンフィクションだからなのだろうか。たぶん、そうではない。

吉村昭は、加賀乙彦《かがおとひこ》との対談の中で、これは事実そのままのことなのか、という問いに対して、次のように答えている。

「フィクションはありません。あの一年間に起こったことを、取捨選択したという意味ではフィクションですが」

ここに書かれたことはすべて事実だ、と言っている。一読してまさにその通りだと思わされる。『戦艦武蔵』以来、事実を叙《の》べるために錬磨に錬磨を重ねてきた文体で事実だけが記されている。まさに「創る」という部分のない作品なのだ。しかし、だからといってこれがノンフィクションの手ざわりがするかというと、意外なことにほとんどしないのだ。これはまぎれもない小説である。

この作品は、兄である「私」が弟に癌を知らせまいとするところから始まっている。いわば、この小説の緊張は、弟がいかにそれを知るか、あるいは知らないままでいるのか、という一事にかかっているといっても過言ではない。

たとえ「私」が教えることに同意したとしても、弟の癌が治癒《ちゆ》することもなかっただろうし、教えなかった場合と大して違わない推移をしただろう。現実においては

「教える」か否かは出来事の本質的な問題ではない。しかし、この作品に限っては、「私」の「教えない」という決断が、世界を生み出す最初の一蹴《ひとけ》りになっているのだ。この作品空間を支配しているのは「教えない」と決断した「私」、つまり吉村昭に他ならないのだ。吉村昭は、この世界にとって、創造主として君臨しているといってもよい。「教えない」という決断がなくなれば、『冷い夏、熱い夏』の世界は消えてしまう。

この作品を書き終えて、弟の死をあらためて思い出すという悲しみを除けば、吉村は作者として深い満足を味わったのではないかと思える。吉村の言う「記録小説」でも「歴史小説」でも味わえなかった喜びがあっただろうと思える。つまり、それは、作品世界にとって、自分が本質的な存在になりえたという喜びである。確かに「武蔵」も「良沢《りょうたく》」も吉村昭によって生み出されたものにちがいない。しかし、彼が生み出そうと生み出すまいと、それらは確実に存在したのだ。もちろん、その上で、吉村が『戦艦武蔵』や『冬の鷹』という世界を創り出すのだが、いくら自分が創り出した世界であるとはいえ、その世界にとって自分が絶対的な存在だとは、十全には思えなかったはずなのだ。しかし、『冷い夏、熱い夏』の世界にとって、書き手は神のごとく本質的な存在になりえている。

吉村昭は完璧なノンフィクションを書くことで、かつてないほど小説らしい小説を書くことに成功した。

この『作家のノートI』から『作家のノートII』へと読み進んでいくということは、フィクションを書きながらノンフィクションの傑作を書いてしまった作家が、ほぼ二十年後に、ノンフィクションを書きながらフィクションの秀作を書いてしまうことになるという、極めて不思議な軌跡を辿り返すことでもあったのだ。

（一九八六年八月）

彼の視線　近藤紘一《こういち》

1

去年の一月末の月曜日のことだった。

夜、テレビでアメリカン・フットボールのビッグ・イベント「スーパー・ボウル」の実況番組を見るために、珍らしく早く家に帰っていると、文藝春秋出版部の新井信《まこと》氏から電話が掛かってきた。近く出すことになっている単行本の件だと思い、それは……と喋《しゃべ》りかかると、そのこともあるのだが、と遮《さえぎ》られた。

「近藤さんが亡《な》くなったんです」

新井氏と共通の知人の「近藤さん」とは、近藤紘一氏しかいない。私は半信半疑ながら、近藤さんって、近藤紘一さんのことですか、と訊《き》き返した。

「ええ、今日の、昼過ぎに……」

胃が悪くて虎《とら》の門《もん》病院に入院しているというのは知っていた。ただの胃《い》潰瘍《かいよう》にしては入院が長引きすぎるのが心配だ、ということも聞かされていた。しかし、こんな急なことになるほど悪いとは思ってもいなかった。

新井氏は、通夜の場所と時間を告げて、電話を切った。

私は近藤さんと一度も会ったことがなかった。それにもかかわらず、新井氏がきっと通夜に出るものとその詳細を知らせてきてくれたのには、理由がある。私と近藤さんとは奇妙な因縁があったのだ。

いまから七年前の一九七九年、近藤さんと私とは、同時に、あるノンフィクションの賞を受けていた。しかも、その二作とも編集者としての新井氏の手になるものであった。授賞式には、近藤さんはサンケイ新聞のバンコク特派員としての仕事の都合上出席できないということで、夫人のナウさんと娘のユンちゃんが私の席の隣に坐《すわ》ることになった。その後、私は近藤さんにお会いしないまま、新井氏を介して、夫人と、近藤さんとは血がつながっていないものの とてもかわいがっていた娘さんと会食をするなどして親しくなっていった。

だが、正直なところ、受賞作となった『サイゴンから来た妻と娘』には、それほど強い印象を受けなかった。ナウ夫人と実際にお会いして、文中にある「ダリヤのような笑顔」というのがどのようなものかを知り、なるほどこれなら近藤さんならずとも惹《ひ》かれるはずだ、と感心する程度の読者だった。

それが一年前、突然、近藤さんから電話が掛かってきた。

「同級生の近藤です」

その第一声に、果してどの学校の時の友達だろうと考えてしまった。小学校の時の近藤とは思えないし、大学の時には近藤などというのはいなかった。はて……。さりげなく応対するふりをしながら、必死で思い出そうとした。が、どうしても、わからない。しかし、しばらくして相手が発した、「新井さんがね」という一言でようやくわかった。

「そういえば、中央公論の新人賞、おめでとうございます」

慌《あわ》てて、そう言い、どうにか話の辻褄《つじつま》を合わせられた。そのほんの数日前に、受賞作の短編小説を読んだばかりだったのだ。小説の賞を貰《もら》ったことがことのほか嬉《うれ》しかったらしく、近藤さんは素直にありがとうと言ってくださった。

用件は、サンケイ新聞の文化欄に「ノンフィクションとフィクションの間」に関するエッセイを書くにあたり、あなたの文章を引用したいのだが許可を得られるだろうか、という極めて丁重なものだった。もちろん、こちらに断る理由などあるはずはない。しかし、それは単なる付け足しの用件だったらしく、すぐに別の話をしはじめた。

同時に同じ賞を受けたからというばかりでなく、私の書くものからなんとはなしの親近感を持ってくれているようでもあった。ノンフィクションの文体論から夫人や娘さんの動静まで、気がつくと、一時間余りも話していた。電話で話すのがあまり得意でない私にしては、異例中の異例のことだった。最後に近藤さんが、さも愉快そうに言った。

「ユンも、しばらくはあなたの話をよくしていたんですよ。ところが、いつの間にかしなくなったと思ったら、フランス人の恋人ができていましてね。お陰で私は、娘のや妻のや彼の分まで、東京―パリ間の航空券の代金を稼がされてフーフー言ってますよ」

そして、近いうちに会いましょうと互いに言って、切ったのだ。

だが、ついに、一度も会えなかった。

通夜の夜は寒かった。神楽坂《かぐらざか》の駅から簞笥《たんす》町の南蔵《なんぞう》院という寺に向かう通りは、広いわりに暗く、風がひどく冷たかった。院の階段を昇り、中にしつらえられた祭壇に向かって焼香をする時、右手の席に夫人と娘さんの姿が見えたが、二人ともうつむいていたため挨拶《あいさつ》はできなかった。あらためて会いにいこうと思い決めて、そのまま外に出た。

それから数日して、ふと思い立ち、書棚に入れたまま、まだ眼を通していなかった『パリへ行った妻と娘』を抜き出した。それは近藤さんの生前に出版された最後の本となったものだった。軽い気持でパラパラとページを繰っているうちに、気がつくと、私はそこに描かれている人間たちのドラマに強く惹き込まれていた。読み終わって、近藤さんとはこのように見事な書き手であったのかと感嘆させられた。電話の時は、自ら「同級生」と言ってくださったが、実は私などとは比べものにならない、はるか遠くを行く「先行者」だったのだ。そして、その時、私はあらためて近藤紘一の全著作を読み返してみようという気になったのだ。

2

近藤紘一の著作のすべては、その流れの源をサイゴンに発していると言える。

彼にとってヴェトナムという国、とりわけサイゴンという町は、宿命的な土地だった。少なくとも、彼自身には、常にそのように意識されていた。

かつて彼は、やがて死別することになる前夫人と共に、社内留学のためパリへ向かう途中、サイゴンに立ち寄ったことがあった。その時、彼はこう感じたという。

《今も、はっきり覚えている。
あのとき、私は、はるかに連なる緑と水と南国の大空を見渡しながら、自分がいつか必ず、この心広がるような風景の中に戻ってくるであろうことを、予感した》（『したたかな敗者たち』）

そしてその予感どおり、夫人を失った次の年の一九七一年に、彼は特派員としてサイゴンに「戻って」いくことになる。

サイゴンに赴任する前の彼のヴェトナム戦争観は、当時の新聞記者としてごく一般的なものだったと思われる。それは、この戦争が「正義対不正義」の戦いだという見方はいささかナイーブすぎると認識しながら、究極のところは民族解放の戦いなのではないかと位置づける、というものだ。しかし、実際にサイゴンに来てみると、予想外の現実の前にその見方が揺れ動きはじめる。戦乱の南ヴェトナムに、焼跡の日本のような貧しい土地を予想していると、メコン・デルタの恵みによる溢《あふ》れるような食物を眼にすることになる。なんと豊かなのだろう、と驚かざるをえない。市場では、それらの品物を前に一時間でも二時間でも飽きずに値段の交渉をしている女たちがいる。その姿のなんと生き生きしていることか。しかも、彼らは、「南」の腐敗した政府を悪《あ》しざまに罵《ののし》りながら、それ以上に激しい言葉で「北」への恐怖を語るのだ。

そのような現実の前で、彼は立ち止まり、考えざるをえなくなる。必然的に、特派員としての仕事は、かなりの悪戦をしいられることになった。自分の眼で見て書くルポはどうにか書けるが、政局の分析や予測になるとことごとくはずれてしまう。彼らの思考の回路と自分のそれがどうしても一致しない。ある時、そのことに絶望して嘆くと、ヴェトナム人の議員が忠告してくれたという。あんたたちはすべてを民主主義的な発想で裁断してしまう。だが、いま、この国は「三国志」の時代なのだ、と。その時、彼はひとつの決心をする。この国の人々の価値観を実生活を通じて摑《つか》み取ってやろう、と。

彼は下町の「幽霊長屋」に下宿する。その長屋には「ダリヤのような笑顔」を持つ女主人と、その一族郎党が住んでいて、彼らを通してサイゴンの庶民の生活の細部と思考の方法を学んでいく。

《考えてみれば、あまり律義《りちぎ》に実生活に精を出したおかげで、年齢もわからない女房を生涯の伴侶《はんりょ》としてかかえ込む羽目になったのかもしれない》(『サイゴンのいちばん長い日』)

しだいに、近藤紘一の内部には、ヴェトナム戦争の推移を追うジャーナリストとしての彼とは別に、その土地とそこに住む人々を深く愛するようになっている生活人にちかい彼が存在しはじめる。もちろん、そのふたつはひとりの内部で互いに矛盾するものではなかった。むしろ、それが彼の書く文章を、他の記者の書く記事と明確に異なる色調のものに染め上げたとさえいえる。

やがて三年半が過ぎ、サイゴンの地で得た妻とその娘を伴って日本に帰る。しかし、戦局の急激な進展に、半年たつかたたないかのうちに舞い戻ることになる。

一九七五年三月、タンソンニュット空港に再び降り立った彼は、それから何日もしないうちに、南ヴェトナムという国の崩壊が不可避なことを知る。政府軍はなすすべもなく退却を続けるばかりだ。四月、共産軍のサイゴン突入を目前にして、彼は、危険を避けて日本に引き上げるか、なおここに留まって崩壊のドラマを見るかの選択を迫られる。そして、やはり留まろうという決断を下すことになる。

《やはり、私は見たかった。今、まちがいなく一つの国の崩壊が目前に迫っている。多少の危険はあっても、絶対にそれを見とどけてやろう》

これは単行本にまとめられた『サイゴンのいちばん長い日』の一節だが、崩壊からまだ一カ月しかたっていない生々しい時点で書かれ、その本の原形にもなった「私のサイゴン日記」という連載記事には、もっと率直な言葉で書かれている。

《が、結局のところ、私は見たかったのだ。まちがいなく一つの国の崩壊が目前に迫っている。多少の危険はあっても「見たい」という好奇心（といいきると不謹慎だが）を抑え切れなかった。夜、砲音はまた一段と迫った。ホテルのベッドから赤々とこげるビエンホア方面の空を見ながら「崩壊に立ち会うことができれば、新聞記者みょうりだ」と自分に何回もいいきかせ、パニックへの感染を防いだ》

ここには、大きな事件に遭遇した時のジャーナリストの心の昂《たか》ぶりと恐れとがよく現れている。

留まった近藤紘一は、そこで、あれほど愛したサイゴンという町があっけないほど簡単に「解放」され、だからあっけないほど簡単に「崩壊」していく様をじっくりと見せつけられることになる。

退去せざるをえない日は間もなくやってきた。

《すでに、町々には、「建設」、「前進」、「自由」、などのスローガンを掲げて、たくましく、明るく笑う〝民衆〟らのポスターが氾濫《はんらん》し始めた。いってみれば、〝サイゴンは、そしてそこに住む人々は、賢い仮面をかぶり始めた。自己本位の感情であろうと、私が強くひかれ、そこから多くを学び、時に愛しさえしたのは、彼らの素顔だった。たとえそれが正しく、健全で、然《しか》るべき仮面であろうと、仮面に向かって心をこめて別れを告げることは、自分自身にとって今更、そらぞらしいことに思われた》（『サイゴンのいちばん長い日』）

だが、この時、彼は現実のサイゴンを失うことで、しかし永遠のサイゴンを手に入れたとも言えるのだ。以後、彼はサイゴンという水源から、無限とも思えるほどの豊かな流れを引き入れつづける。

日本に帰った近藤紘一は、しばらく骨休めのような仕事につかされたあとで、自ら望むというかたちで再び東南アジアの特派員となりバンコクへ赴く。そこで、彼はヴェトナム一国だけではなく、東南アジア全域にわたる卓越した観察者《ウォッチャー》となっていく。

彼の東南アジアの観察者《ウォッチャー》としての優れた能力を証明しているのは、たとえば『したたかな敗者たち』の最終章における、ソン・サンという人物の描き方である。

パリに亡命していたカンボジアの老学者であるソン・サンが、ヴェトナム軍のカンボジア進攻を知り、救国の志を抱いてタイ国境に潜伏する。やがてその周辺には、難民をはじめとしてさまざまな人間が集まりはじめ、プノンペンを追われた「赤いクメール」ポル・ポト派と並んで、ヴェトナムを後盾とするヘン・サムリン政権に敵対する一大勢力になる。しかも、大量虐殺《ぎゃくさつ》の当事者であるポル・ポト派と違い、ソン・サン自身の誠実な人柄もあって、その一派は西側諸国に好意的な迎えられ方をする。そこで、ヴェトナムの膨張主義を恐れる周辺諸国とヴェトナムに懲罰を加えたいと望んでいる中国は、ソン・サン派に対し、ポル・ポト派にシアヌーク派を加えて、反ヘン・サムリン、反ヴェトナムの統一戦線を組むように、圧力をかける。しかし、ソン・サン派は、反ヘン・サムリン、反ヴェトナムである以上に、同胞を大量に虐殺したポル・ポト派に対して強い敵意を抱いていた。連合など考えられないことだった。連合によって、最も大切なカンボジアの国民の支持を失う危険性もあった。それに、依然として、ポル・ポト派はかなりの兵力を保持している。連合すれば、名を利用されるだけで、ポル・ポト派に呑《の》み込まれ、圧《お》し潰《つぶ》されてしまうのは明らかなことだった。ソン・サンは、連合の申し出を拒絶する。

だが、周辺諸国と中国にしてみれば、反ヴェトナムの統一戦線にソン・サン派が加わらないことには、西側諸国の支援を受けられないという判断があった。中国が支持しているポル・ポト派はいかにも悪名が高すぎた。周辺諸国はさらに圧力をかけた。一方、ソン・サン派にも、その提案を断りつづけられない弱点があった。彼らが依拠する国境地帯は、周辺諸国、とりわけタイの暗黙の承認なしには維持できない性質の土地だった。それに、連合を拒否すれば、大勢にひとり取り残されたまま、じり貧の一途を辿《たど》るばかりかもしれない。どうしたらよいのか。ソン・サン派は絶望的な立場に追いやられる。

近藤紘一は、その困難な状況の中で、粘りに粘って局面を打開しようとしているソン・サンを、国境地帯のジャングルに何度も訪ねていく。しだいに関係は深まり、近藤はソン・サンに対する敬愛の情を、ソン・サンは近藤に信頼の感を抱くようになる。近藤は打開の道を模索するソン・サン派にジャーナリストとして限界にちかい行動までするようになる。

だが、ついに国家のエゴイズムから発する圧力に抗しえず、ソン・サンはマレーシアの首都における三派連合の調印式に臨むことになる。調印が終わり、記者会見が始まる。その二日前に、「君ならわかってくれると思っています。もう、これ以外、方法がないのです」という苦しい言葉を聞いていた近藤は、ソン・サンの姿を痛ましい思いで眺めていた。その時である。

《「ソン・サン議長におうかがいしたい」

中ほどの席から、見知らぬ西洋人記者が立ち上がった。

「議長は、何らかの強硬な圧力に屈して、今回の連合政府参加に合意させられた、と聞き及んでおります。それは本当ですか？」

真っ向からの質問に、室内の空気が、突然、はりつめた。

氏はまっすぐ、質問者の顔を見つめた。

ひと呼吸置いて、

「イエス！（その通りです！）」

満座に響く声で、鋭く答えた。

剛胆なガザリ外相が、サッと顔を硬《こわ》ばらせ、氏をふり向いた。

私は思わず、身を固くして、ソン・サン氏の顔を凝視した。このドタン場で、内部のすべてを爆発させようというのか。これが当初からの作戦だったのか、ことをぶちこわし、同時に自爆しようというのか。そして、とも、一瞬思った。

思いがけぬ応答に、会場は静まり返った。

南国の明かるい室内の空気が、一瞬そのまま、凍りついたような印象を受けた。

シアヌーク殿下が何かいいかけたが、度を失い、言葉が出てこぬ様子だ。

無言で質問者を見すえるソン・サン氏の顔に、つかのま、激しい感情が、走り、消えた——ように見えた。

それから、氏は、端然とした表情に戻り、

「そうです。私は、強い圧力に屈し、ここへ来ざるを得ませんでした。ベトナム軍の圧力です」

会場に、どっと明かるい声が上がった。

単に緊張からの解放、あるいは、氏の機転に対する称讃というより、多くの記者の好感を集めていたこの老指導者の、決定的破滅に立ち会う辛《つら》さを避け得たことへの安《あん》堵《ど》のどよめきと受け取れた》

この一瞬の中に、国際政治というものの「酷《むご》さ」のようなものが象徴的に現れている。そして、この一瞬を見事に捉《とら》え切れたということの中に、近藤紘一の国際報道記者としての力量が示されている。凡庸な特派員ならその意味すらわからないだろう。たとえ、理解できても、そこに凝縮されているドラマに、当事者に近い立場でつきあえている特派員は稀《まれ》だろう。『したたかな敗者たち』のこの一章は、国際政治の一断面としても、ひとりの悲劇的な政治家の肖像としても、傑出したものであるように思える。

しかし、その優れた観察者《ウォッチャー》も、やがて南方での苛《か》酷《こく》な任務に体がついていかなくなる。司馬遼太郎の弔辞の中にも、この時期の近藤から「体が、なんともいえず疲れている。つらい」という電話を受けていたことが、述べられている。

そして、ついにギブ・アップを宣言する時がくる。《数日間考えたすえ、自らドクター・ストップをかけた。おそらくそれは、自分自身、それなりにうち込んできた分野でのジャーナリストとしての生命に終りを宣告することになるかもしれない》（『パリへ行った妻と娘』）と思いつつ、である。

3

近藤さんの全著作を読み終えてから、そう何日もたっていないある日、新井氏から相談を受けた。聞けば、近藤さんには、まだあとかなりの分量の未刊行の原稿が残っているという。葬儀の時に読み上げられた司馬遼太郎氏の弔辞を巻頭に掲げて、おそらくは近藤さんにとって最後のものになるだろう本を出したいのだが、その編集をしてもらえないかというのだ。私に特に何ができるという自信もなかった。迷いながら、私はとりあえずその原稿を読ませてもらうことにした。

死後残された近藤紘一の未刊行の原稿は、優に単行本を二冊は作れるほどの量があった。それは主として総合雑誌に発表された東南アジアに関する評論と、身辺や動物に材をとったエッセイ群だった。単純に考えれば、評論集とエッセイ集の二冊を編めばよさそうだった。しかし、私は原稿を読み進めながらまったく違うことを考えていた。新聞記者としては稀有《けう》なほど柔らかい心を持っていたひとりの物書きの全貌《ぜんぼう》を、一望のもとに見渡すことのできるような一冊に編集できないものだろうか、と。

近藤紘一にとって、すべてはヴェトナムの特派員体験から始まっている。三年半の特派員生活のあとの、クライマックスともいうべきサイゴン陥落の目撃。ひとりの人間にとって、ひとつの体験がどれほどの意味を持つものなのか。とりわけ、その人物が物書きだった場合には。

近藤紘一は、まずそれを「記事」というかたちで新聞に書いた。さらに、それよりもう少し掘り下げたかたちで「ルポ」を書いた。戦争が終わり人々がヴェトナムを忘れようとしている時に、新しい現実を踏まえながら「評論」を書いた。また、その対象への角度と語り口の硬度を変えて「エッセイ」というかたちにもした。そして、それはやがて、「創作」というかたちの文章にまで到《いた》ることになったのだ。ひとつの体験をこのように多様なスタイルの文章にした物書きは滅多にいない。少なくとも、ヴェトナム戦争に関しては、このような日本人は皆無だった。

私は近藤紘一の「記事」と「ルポ」を「評論」や「エッセイ」や「創作」と並べることで、ひとつの体験がどのように変化、あるいは深化したかを俯瞰《ふかん》することのできる一冊が作れるように思えてきた。

結局、私は編集することを引き受けた。それは、ひとつには、因縁ともいえない因縁があったからであり、もうひとつには、彼に死なれてしまうまでそのすばらしさを認識できなかったという自分に、ある種の疚《やま》しさを感じていたからである。しかし、もちろん、それだけではなかった。

彼の著作を読みすすめていくなかで、私がとりわけ強い印象を受けることになったのは、ときおり浮かんでは消える、諦念《ていねん》にちかい彼の不思議な寛容さであった。彼の文章を特徴づけているのは、ひとつはその語り口の落ち着いた平明《へいめい》さである。それは、たぶん彼が何かを裁いたり糾弾しようとしていないからだろう。あれかこれか、ではなく、あれもこれも、なのだ、という思いが彼にはあるようなのだ。そこには、自身の新聞記者という職業に対して、さほどの幻想を抱いていないという、職業人としての慎ましさが影響しているのかもしれない。彼は、死の二年前に、静岡支局時代からの知友であり、サイゴンでも一緒だった毎日新聞社の古森義久《こもりよしひさ》と、『国際報道の現場から』という書物を著したが、その中の対談の部分で、「もともと新聞記者は自分個人の信念ですべて裁断できるほど偉い人種だなどと、ぼく自身思っていないからね」と語っている。もっとも、「落ち着いた平明さ」といっても、それは、たとえば、開高健の『サイゴンの十字架』の本の帯に「作家は下降しつつ、声ひくく語らねばならなかった」と書かれる時の、その「声の低さ」ともちがっている。決して、声高ではないが、どこかに、まず生きてみることだと思い決めた者の軽やかさのようなものが感じられるのだ。

そして、彼の文章を特徴づけているもうひとつのものは、先にも述べたように、その過剰なまでの寛容さである。それはどこかやさしさというものと似ているが、また微妙な差異があるようにも思われる。彼は、サイゴンの人々に対しても、またナウ夫人に対しても、想像を絶する寛容さを示す。

「司馬遼太郎は、その美しく張りつめた弔辞の中で、「君はすぐれた叡智《えいち》のほかに、なみはずれて量の多い愛というものを、生まれつきのものとして持っておりました」と語りかけた。あるいは、そうなのかもしれない。彼の、サイゴンの住人やナウ夫人への桁《けた》はずれの寛容さも、生来の愛に根ざしているのかもしれない。生前に一度も会ったことのない私には、いや、と抗するだけの材料もない。だが、私には、その寛容さが、愛とはもう少し違ったものによって支えられているように感じられてならなかったのだ。

「なみはずれて量の多い寛容さ」の向こうには何があるのか。私は彼の最後の本を編集することで、できればそれを知りたいと思っていた。

4

残された文章は、一九七一年から八六年までに書かれたものがほとんどだったが、その中で最も古く、しかも最も美しいものに「夏の海」という小品があった。前夫人の遺稿集に寄せて書かれた文章であり、詩的随想とでもいうべき文体で、十二ほどの断章が、常に「君は」という呼びかけで始まっている。

《そっと台所をのぞくと、君は道具を洗いながら鼻歌を歌っていた。

君は、歌を聞くのが大好きで、学生時代もよく吉川や神谷に、何か歌って、とねだった。だが、自分では音痴を恥ずかしがって、けっして人前では歌わなかった。

その時、君は、誰もまわりにいないと思って、一人でそっと歌っていた。歌声は小さく、何のメロディーか聞きとれないほど、遠慮がちだった。ドアのうしろにかくれて、僕は音をたてずに君の歌声を聞いた。そして、少しでも長く君が歌っていたらい い、と思った》

出会い、惹かれ、結婚し、生活した日々が、悔恨を含んだ哀切な筆致で描かれている。これを読むと、彼にとって前夫人の死がどれほど大きいものだったかが、理解できてくる。そして、同時に、この文章を中心にして眺めてみると、彼が書いてきた「妻と娘シリーズ」三部作は、その底にもうひとつの物語を秘めていたことに気がつくのだ。これまでの著作で切れ切れに述べられていた前夫人への思いが、ひとつのつながりをもって、くっきりと見えてくる。まるで、「夏の海」の持つ美しい響きに、それらの断片が共鳴し合い、ひとつのつながりのあるメロディーを奏《かな》でるように。

私の前の妻の父親は、外交官であった。彼女は、父親の任地を転々として、その形成期を過ごした。片親と血縁がなかった点も、ユンと境遇を一にしている。十代半ば過ぎになって、彼女は突然、父親の任地フランスから、一人、帰国した。

東京に戻った彼女は、もちまえの律義さ、ひたむきさで、大学受験に取り組み、私と同じ大学に入った。

卒業後、間もなく、私たちは結婚した。その頃、彼女はすでに、はために完全な日本人に戻っているように見えた。それでも本人はいぜん、「日本について何も知らない」という、精神的負担感と、それがもたらす一種の緊張感から抜け出せないでいた。

国内での長い地方支局勤務を終えて、東京本社に戻ると、どういう風の吹きまわしか、二年間の欧州出張の機会を得た。

外国に育ち、外国生活に飽いていた妻は、何度目かのパリ暮らしに気乗り薄だった。といって、互いに二年間離れて過ごす気もなかった。

結局、彼女も、結婚で中断していたフランス哲学の研究を、パリ大学大学院で続けることに同意した。そして、フランス政府公費留学生の資格を取った。

こうして祖国の土と空気を自分のものにしようと懸命の努力を続けていた彼女を、私は、再びフランスへ連れだした。そして、結果的にその内面的崩壊をうながすことになった。

妻はしだいにふさぎ始め、やがて私が本気で心配し始めた時には遅すぎた。

医師の勧めに従い、つい数カ月ほど前とは別人のようにやつれ果てた彼女を、急遽《きゅうきょ》、日本へ送り帰した。自分の迂闊《うかつ》さを、ひどく悔いた。

日本に戻り病院で二カ月を過ごし、いったん彼女は快方に向かい始めたように見えた。ある晩病室を訪れると、彼女はひさしぶりにほがらかな顔で、私が去るまで冗談をいい続けた。

翌日、妻は死んだ。

彼の『サイゴンから来た妻と娘』、『バンコクの妻と娘』、『パリへ行った妻と娘』、『サイゴンのいちばん長い日』、『したたかな敗者たち』といった著作の中に散見される断片を、モザイクのようにつないでいくとこのようになる。

たぶん、いくつもの重要な点が省略されているにちがいないが、大筋においてはこの通りに事態は進んでいったのだろう。だからといって、私は前夫人の死が彼の責任だったと言いたいのではない。重要なのは、彼自身が深く罪を意識していたにちがいないということなのだ。そうでなければ、『サイゴンから来た妻と娘』の中に出てくる次のような言葉は理解できない。彼がナウ夫人に前夫人のことを語ると、彼女は黙って聞いたあとで「いまでも思い出す？」と訊《たず》ねる。すると、彼はこう答えるのだ。

「うん。毎日、思い出すよ」

だが、彼のこの言葉はかなり異様である。死別した妻のことを忘れられないという のはありうることだろう。確かにその妻のことを思い出すということもあるだろう。 しかし、彼は「毎日」思い出すといっているのだ。忘れないことと毎日思い出すとい うのはまったく質の違う二つのことである。

《不可避な死であれば、いつかそれへの感情は、もの悲しく浄化されていくかもしれ ない。彼女の死により私の中に生まれたのは、金輪際、美化されたり浄化されたりす る可能性のある感覚ではなかった》（『サイゴンのいちばん長い日』）

彼女に死なれてしまった以上、自分は義ある人間として振る舞うことは許されない はずだ……。

彼の寛容さの底に秘められていたのは、その思いではなかったか。

《甘えるな、と自分にいいきかせても、これはどうしようもなかった。

そして、私が生き続けようと思えば、残された手段は、人生の価値判断とでもいっ たものをいっさい放棄することだった。今後は、自分で自分の道を決めようなどとい う大それた考えを持たぬことだ。同時にそれは他人のすべてを不幸も幸福も含めて外界で生じるすべてを許容することだ。そう決めた時以来、私は、自由になった》（『サイゴンのいちばん長い日』）

ここから窺《うかが》えるのは、自分は義の側に立てない人間だという認識が、自己放棄につながっていく契機である。そして、その自己放棄が、彼に諦念と見まごうばかりの寛容さを与えることになったのだ。

この近藤紘一が、彼の言葉を借りれば、ナウ夫人によって「再生」する。

《……このとき、その年齢不詳の女性がまっすぐ私の顔を見すえ、どういうわけか、不意にニコッと笑ったのだ。外出禁止時間明けのまだほの暗く乾いた街路に、突然、大輪の花が咲いたように見えた。なぜ彼女があのとき、あんな顔をして笑ったのか、いまだにわからない。とにかく、私のそれまでの人生で、こんな底抜けに自然な笑顔は一度も見たことがないような気がした》（『サイゴンから来た妻と娘』）

彼の著作のすべてが、その「再生」の物語であったといっても言いすぎではない。しかし、それらの著作は、同時にもうひとつの物語を抱え込んでいたのだ。

とりわけ、「妻と娘シリーズ」の第三作目にあたる『パリへ行った妻と娘』には、その「もうひとつの物語」のうねりが強く感じられる。パリが前夫人と暮らした土地だからでもあるのだが、それ以上に切羽つまったものがあったように思える。本当のことを言おうか……という呟《つぶや》きが聞こえてきそうな気がする。彼はそこで、ノンフィクションではここまでしか書けないというギリギリのところまで書いているのだ。

《結婚にさいし彼女は、初めて前妻のことを尋ねた。

「どうして亡くなったの」

「どうやらオレが殺したらしい」

ちょっといぶかしげな顔をした。

「そういえば、ときどき、あんた、うなされてるわよ」

「そりゃそうだろう。人を殺せば相手は必ず幽霊になって化けて出る」

しばらく顔を見ていたが、冗談として受け流すことにしたらしい。

「刺したの？　撃ったの？　それとも毒でも盛ったの？」

「忘れたよ」

「まあ、そんなこと、どっちでもいいわ」

以来、彼女は前の妻についてほとんど口にしない》

彼が小説を書きはじめたのは、恐らくノンフィクションに限界を感じたからである。もう少し正確にいえば、ノンフィクションの中に二つの物語を抱え込んだ文章を書くことに困難を感じはじめたからである。彼はそれらの物語を、もっと直截《ちょくせつ》に書くために、逆に虚構の装置を必要としたのだ。

5

近藤紘一の最初で最後の小説となったのは『仏陀《ぶつだ》を買う』である。これは中央公論新人賞を受けたが、必ずしも作品として完成されたものではなかった。選評の中で、吉行淳之介が《主人公が下宿の女主人と結婚する気持についての表現が、すこし不足している》と書いているのは、当を得ているように思われる。「妻と娘シリーズ」では最低限触れられている二人の因縁が、小説では省略されている。小説には不要と思ったのか、書くことで事実に縛られるのを嫌ったのか、いずれにしても何も知らぬ読者には、いささか唐突の感はいなめなかった。もっとも、単行本に長い解説を寄せている、もうひとりの選者の河野多恵子《こうのたえこ》は、これだけで十分説得的だと言っているのだが。

河野の解説では、しかし、私には次の指摘が重要に思える。

《もしも、『仏陀を買う』が最も一般的なスタイル――三人称で、「である」「であった」調で、そして軽妙調ではないスタイルで書かれていたならば、作者の書きたい自己の内部はこれほどまでには現わせなかったことだろう。何分にも、この作品は処女作なのだ。作者の技術上の未修練や未経験を指して言うのではない。自己の内部を人眼に曝《さら》すことの未修練と未経験——詳しく言えば、自己の内部を人眼に曝す上での羞《しゅう》恥《ち》の克服の仕方に、作者は当然ながら未修練、未経験だったはずという意味なのである》

確かに、小説という装置を手に入れたことで、近藤紘一は自己の内部を曝す手段を手に入れた。

だが、『仏陀を買う』は、完成度という点においても、文学的な感興という点においても「妻と娘シリーズ」には及ばず、短いエッセイを小説化した「噂《うわさ》によれば」は、もしかしたら、そのエッセイの方がことの本質をよく伝えているかもしれない、と思えるようなところがあった。小説家としての近藤紘一は、ノンフィクション・ライターの近藤紘一に追いついていなかったように思える。そして、そのことはたぶん彼にもわかっていた。だからこそ、彼はもっともっと小説を書きたいと望んでいたのだ。彼の心の底にあったのは、いつか、あの「夏の海」の続きを書きたいということではなかったかという気がする。書きたいという願望より、書かねばならぬという義務感の方が強かったかもしれない。それを書くためにこそ、小説という装置を手に入れたかったのだから……。

生前最後の本となった『パリへ行った妻と娘』はもちろんのこと、それ以前の『バンコクの妻と娘』にも、そして『サイゴンから来た妻と娘』にも、いやそれ以外のどの本にも、いたるところに体の不調を訴える文章と、自己の死をタネにした戯《ざ》れ事のような台詞《せりふ》がばらまかれている。

《ある晩、ソファーでの会話の最中、もちかけた。

「そろそろ生活を変えようか」

口にしながら、何回目かのせりふだナ、と思う。

「変えてどうするの？」

「しばらく休みたい。いまの生活をこのまま続けたら、二、三年でくたばりそうだ」》

（『パリへ行った妻と娘』）

しかし、ついに変えられないまま、その半年後に近藤紘一は死んだ。

かつて、私は孤高の時代小説家の死にふれて、途上の死には、しかし、なぜかそこそが頂だったのではないかと思わせるものがある、と書いたことがあった。だが、近藤紘一の死は、まだはるかに高い頂がありえたはずだという思いが残る、文字通りの「途上の死」であった。

生きていれば、サイゴンを水源として発した彼の文業の流れは、きっとあの「夏の海」に注ぎ込まれたことだろう。

あるいは、一周忌を前にして出版されるこの『目撃者——近藤紘一全軌跡1971～1986』は、その途切れてしまった流れが、実はどれほど豊かなものだったかを伝えることになるかもしれない。


（一九八七年一月）

運命の受容と反抗　柴田《しば》田《た》錬《れん》三郎《ざぶろう》

1

以前、ある雑誌の企画でエンターテインメントの小説を長く書きつづけている高名な作家と対談したことがある。テーマが「文学全集について」ということだったのは、その雑誌の発行元である出版社から新たな日本文学全集が刊行される直前だったという事情による。そのとき何を話したかはほとんど忘れてしまったが、いまでも印象に残っていることがふたつある。

ひとつは、その全集に収録される予定のものでもっとも好きな作品は何かという話になった時、相手の作家の挙げたものが高見順《たかみじゅん》の『いやな感じ』だったということだ。私は読んでいなかったが、正直に読んでいないと言えないまま、中途半端《はんぱ》な相槌《あいづち》を打ってしまった。私の中にあって、そのことの恥ずかしさは長く消えなかった。しかも、のちにその作品を読んでみると震えるような思いをさせられるほどの傑作だったということが、さらにその時の恥ずかしさを鮮明にさせることになった。

印象に残っているもうひとつは、蔵書というものについてのやりとりの中で、私が友人から聞いた話を持ち出した時に言われた何気ない相手の言葉である。

私が二十代の前半に親しく往来していた友人の中に早熟な才能を持ったひとりがいた。その友人が、ある日、ある時、ある男の家を緊張しながら訪問した。友人は寺山《てらやま》修司《しゅうじ》の「天井桟敷《てんじょうさじき》」で芝居作りに関わっており、訪ねていった相手の男も小さな劇団を率いている演出家だった。そしてその男は、『討論　三島由紀夫vs.東大全共闘』という本の中では「全共闘C」として出てくる人物であり、東大での三島由紀夫との討論集会に赤ん坊を背負ったネンネコ姿で登場し、いいように三島をからかったあげくに「もうおれ帰るわ、退屈だから、ごめんね。じゃあどうも」と言ってさっさと帰ってしまったという人物である。いわば、当時のアンダーグラウンド演劇の世界の伝説的な人物であり、だからこそ、友人には同じ若手の演劇人としてどこか真剣勝負をしにいくような緊張があったのだと思う。用件は寺山修司の個人的な演劇誌への原稿依頼だったらしいが、小さなビルの地下にある稽古場《けいこば》兼住居に招き入れられた友人は、その蔵書を見て「負けた！」と思ったという。蔵書の多さに驚いたのではない。逆にその家にはほとんど本がなかったのだ。本といえば、子供のオモチャの間に二冊が転がっているだけ。そして、そのタイトルをそっと盗み見ると、メルヴィルの『白鯨』と『旧約聖書』だった。彼はそのことに二度敗北感を抱かされたという。『白鯨』と『旧約聖書』とは少々できすぎの感がなきにしもあらずだが、私も友人と同じ立場にあったら多少なりともショックを受けたにちがいない。私がそう話すと、耳を傾けてくれていた作家は笑いながらこう言ったのだ。

「その話はまるで剣豪小説かなんかみたいじゃないか」

その時はなるほどそう言われればそうかもしれないという程度のことだったが、それ以後、自分がノンフィクションという領域で自分好みの物語を織っていく中で、その言葉が何度となく思い出されることになった。書き手としての私は、単に剣豪小説に出てくるような挿話が好きだというだけでなく、自分で意識している以上に深く濃く時代小説というものに影響されているのではないかと思い当ることがたび重なったからだ。

2

少年時代の私は時代小説の熱心な読者だった。とりわけ中学生の頃は、運動部の練習が終わると帰りに近所の貸本屋に寄って時代小説を一冊借り、それを一晩中かけて読み終えるというのが日課だったほどである。私にはその頃から現在に至るまで趣味や嗜好《しこう》において「淫《いん》する」といえるほどの経験がほとんどないが、中学生の頃の時代小説への没入の仕方だけは「淫する」というにふさわしいものだったと思う。時代小説に関してはガイド役になってくれるような人が身近にいたわけではないので、自分の嗅覚《きゅうかく》に従って、棚にある海音寺潮五郎《かいおんじちょうごろう》、五味康祐《ごみやすすけ》、柴田錬三郎、山手樹一郎《やまてきいちろう》、南條範夫《なんじょうのりお》、司馬遼太郎《しばりょうたろう》、村上元三《むらかみげんぞう》、角田喜久雄《つのだきくお》などといった作家の小説を脈絡もなく次々と読んでいった。やがて貸本屋の棚にある時代小説をすべて読み切ってしまうと、好みに合った本を二度、三度と繰り返し読むことになった。

中でも、柴田錬三郎の『剣は知っていた』は何回読み返したかわからないほど読んだ。ストーリーの展開はもちろん、細部の細部まではっきり覚えているのに、『剣は知っていた』に限っては何度読んでも飽きることがなかった。

なぜそれほどまでに惹《ひ》かれたのだろう。少年の私にとってそのエロティシズムが大きな魅力だったことは間違いない。また、ストーリーの展開も他の作家に比べると驚くほどスピーディーだった。だが、もちろん、それだけではなかったはずだ。あるいは、『剣は知っていた』をひとつの「ボーイ・ミーツ・ガール」の物語として愛したのだろうか。確かに、豪族の遺児たる主人公の眉殿喬之介《まゆどのきょうのすけ》と家康の娘である鮎《あゆ》姫との恋は、少年の私が全面的に感情移入することのできるロマンティックな光彩に包まれていた。しかし、それだけなら一度か二度読めば飽きてしまったろう。あるいは、柴田錬三郎に特有とされるニヒリズムに感応したためだろうか。いや、私は柴田錬三郎の作品からニヒリズムを感じてはいなかった。たとえば眠狂四郎のニヒリズムというものも、必ずしも徹底したものではなく、徹底しようとして徹底しきれない、その裂け目にのぞく独特の甘さが、物語の魅力になっていることを理解していた。

私はなぜ『剣は知っていた』をあのように繰り返し読むことができたのだろう。

『剣は知っていた』を最初から最後まで覆《おお》っているのは、実はエロティシズムでもなければニヒリズムでもない。人間が生きていく道にはあらかじめ決められていることがあるのだという感覚である。それを宿命に対する感覚と呼んでもいいし、もう少しさらりと運命観と言い換えてもいいだろう。いずれにしても、自分の道はあらかじめ決定されており、人はただその見えない道を歩いていかざるをえない存在だ、という感覚が『剣は知っていた』の世界を支配しているのだ。

たとえば、それは鮎姫の次のような感懐となって表現される。

《鮎姫は、駿府《すんぷ》城で、父家康から、
「小田原へ行け」
と、命じられた時は、いやだと思いつつも、そうするのが自分の運命のような気がして、素直にうなずいたのであった》
しかし、柴田錬三郎の登場人物たちは、運命をただ単に受容するばかりではない。先の鮎姫の感懐は、さらに次のような思いにつながっていく。
《ところが、変装をして、伊賀者・風の猿彦につれられて、忍びの旅をするあいだに、鮎姫は、野や宿場や街道で、自分と同じ若い娘の姿を見うけるにつれて、しだいに、運命に対する反抗心を強いものにしていったのである》
つまり、柴田錬三郎の主人公たちは、運命を受容しつつ、それに対する反抗もすることになるのだ。そして、そうした運命への反抗は、新たな、そしてより決定的な運命を発見させる動力になる。鮎姫は運命に抗して北条方から逃げ出し、捕らえられたところを喬之介に助けられ、再度ひとりで逃げ出したあとでこう心の裡《うち》で呟《つぶや》く。
《「わたくしは、あのお方に、どうしても、会わなければいけないのだ！　前世から、きめられていたのだもの――」》
一方、喬之介は亡父の敵である北条氏勝の元で育てられるという運命に抗して出奔《しゅっぽん》するが、そのことが別の運命の発見に向かわせることになる。彼は父母の位牌《いはい》の前でこう宣言する。

《父上、母上。……この喬之介は、好むと好まざるとにかかわらず、北条左衛門大夫を、ただ今より、敵として、ねらいます。それが、この喬之介に与えられた使命と相成りました。手前が生涯の妻ときめた徳川家康の娘鮎姫は、玉縄城にとらえられているると存じます。それを、すくい出すことも、手前の目的となって居《お》ります》

運命の受容と反抗。その観点から柴田錬三郎の作品を眺め返してみると、多くがそのダイナミズムによってストーリーが動かされていくことに気づく。

そのことは、私が『剣は知っていた』と同じく何十回と読み返したもうひとつの時代小説である五味康祐の忠臣蔵外伝『薄桜記《はくおうき》』と比較してみるとよくわかるように思われる。稀代《きたい》の剣の使い手である主人公丹下典膳《たんげてんぜん》は、不義の噂《うわさ》を立てられた妻を白狐《びゃっこ》の悪戯《いたずら》ということにして優しく救うが、噂が消えた頃を見計らって離縁する。しかも、それに怒った義兄に片腕を両断されることになっても、ただの一言も抗弁せず、黙々と浪人の道を歩んでいく。そして、最後には、吉良《きら》方の助っ人にと懇望されながら、堀部安兵衛との密《ひそ》かな友情から拒んでいた主人公が、断りに行く直前にその依頼主たる千坂兵部《ちさかひょうぶ》が死んでしまったのを知り、ついに死を覚悟しつつ吉良方に加わってしまう。つまり、それは「士《し》は己を知る人のために死す」という負のヒロイズムに支えられているのだが、ここでは運命は抗《あらが》えないものとして存在する。
しかし、柴田錬三郎の小説では、人間の生きる道はあらかじめ決められているが、それに抗することも不可能ではないとされているのだ。抗したところで結局は何も変わらないかもしれないが、抗してみるだけの価値はある、と。少年時代の私が惹かれたのは、運命の受容と反抗が世界を動かしていくその物語の構造にあったような気がする。そして、ノンフィクションの書き手としての私が、時代小説、とりわけ柴田錬三郎の作品に影響を受けてしまったのではないかと感じるのは、私の書くものも、同じように対象の人物の「運命の受容と反抗」の劇的な瞬間を見出《みいだ》すことに最大の重点が置かれているのではないかと思えるからなのだ。

3

ところで、ここで気になるのは作家としての柴田錬三郎自身の「運命の受容と反抗」はどういうかたちをとったのかということだ。伝記的な事実をほとんど知らないので推測することすらできないが、気になるひとつは彼が「大衆小説家」になることを意志した瞬間のことである。

柴田錬三郎自身の手になる『わが青春無頼帖《ぶらいちょう》』や付き合いの深かった友人たちのエッセイなどから判断するかぎりにおいては、大学在学中すでに「三田文学」に関係していた柴田錬三郎はその出発において純文学的な小説を書いていたが、戦後、生活の必要からいわゆるカストリ雑誌に風俗小説を書き飛ばしたり児童用の偉人伝のシリーズを書いたりするようになっていた、ということになるらしい。そこに師である佐藤春夫の勧めでふたたび「三田文学」に純文学を書いてみる機会が与えられる。しかし、柴田錬三郎は純文学という枠組にどこか居心地の悪さを感じていたようだ。

《雑文書きにでもなると、自分は相当な才能ではないか、といささかのうぬぼれがあったが、一流の作家になるには、何かが欠けている、という意識があった。これは、どうにも、払いのけられなかった》

確かに、これは謙遜《けんそん》ではなかったろう。芥川賞の候補作となった「デスマスク」も、直木賞を受けた「イエスの裔《すえ》」も、いま読んでみれば、よくできた小説という以上のものではないように思える。「傑作」というには「何かが欠けている」と思えるのだ。それは、ひとつには自己の内面や私的な状況を白日のもとに曝《さら》してしまうことへの嫌《けん》悪《お》と羞恥《しゅうち》によるものだったはずだが、柴田錬三郎には、自分はそうした小説を書くための描写力を欠いているのではないか、というかたちで自覚されていたらしい。だが、ストーリーを生み出す力はあり余るほど存在する。そのような彼には、あとはストーリーを作る能力が十全に発揮できる枠組さえ見つかればよかったのだ。

そしてついに時代小説を書く時期がくる。

安岡章太郎《やすおかしょうたろう》は『良友・悪友』の中で、次のように書いている。

《そういえば柴田氏が「眠狂四郎」を書き出す直前の緊張した顔つきも忘れられない。そのころ私たちは、ときどき、まったく何の用もないのに柏木《かしわぎ》の柴田氏の家に出掛けて話しこんだり、外へ誘い出してバアをおごってもらったりした。そのときも、たしか私と吉行と庄野潤三《しょうのじゅんぞう》の三人が中野のあたりで飲んだあと、何となく「しばらくぶりで錬さんの顔がみたくなった」などと出掛けたものだ。すると、いつになく張りつめた顔の柴田氏が、玄関脇《わき》の横長い応接間のソファーで、額にかかる髪を掻《か》き上げながら、「おれも、いよいよ大衆小説を本腰でやってみる」と、低い声で、宣言するように言った。そのころでもすでに柴田氏は中間小説作家と世間ではみなされていたはずだが、私たちの間では柴田氏は銀の握りのステッキをついて歩く一個の文学青年だった。それに私は柴田氏を、頭から無器用な小説を書く人ときめてかかっていたので、週刊誌に毎号、読切りの悪漢小説を書くなどといわれても、ひとごとながら聞いただけでもアブラ汗が流れるようで、それが大成功を博して何年間もつづくなどとは、まったく夢にも思わなかった。むしろ当の柴田氏が、自信ありげに、

「なアに、おれがやったら時代小説に新しい行き方をみせて、かならず湧《わ》かせてみせるよ」

と言うのが何だか不思議で、アイヅチを打つにも力があんまり入らなかった》

大衆小説家になることを意志し、新しい時代小説を作ろうと抱負を抱く。しかし、それは小説家としての柴田錬三郎にとって、運命の受容であったのだろうか、それとも反抗であったのだろうか。

ただひとつ想像できることは、その時の柴田錬三郎には野心と断念とが共存していただろうということである。純文学の居心地の悪さとは別に、柴田錬三郎にとって「大衆小説家」になることはやはり断念することであったと思われるからだ。『地べたから物申す』などでの激しい純文学批判は、それ自体正当な側面を持っているが、断念という契機を考えなければ理解できない強いこだわりが感じられる。

そのように考えてくると、柴田錬三郎の作品世界を覆っているかに見えたニヒリズムとは、ふつうに考えられているような兵士としての経験や胸の病によるものというより、その激しい断念によるものではなかったかという気がしてくる。激しい断念。

それは少年時代の私に、「降りて、降りない」という、世の中に対する微妙な精神の位置の取り方を教えてくれたようにも思う。

（一九九〇年二月）

正しき人の　阿部昭《あべあきら》

1

数年前、ブラジルに住む知人の要請に応じ、蔵書の大半をサンパウロの私設図書館に送った。狭い家に何千冊もの本を置いておくのが鬱陶《うっとう》しくなったこともあるし、このまま持っていても読み返すことなどほとんどないだろうと思いはじめたこともあった。しかし、いざ箱に詰めて送り出すという段になって、にわかに迷いはじめた。これだけは手元に残しておきたいという本が続々と出てきてしまったのだ。結局、何十冊かを残すだけですべてを思い切って箱詰めすることができたが、一冊一冊これはどうしようかと迷うことで、自分が数十年にわたって重ねてきた読書の質があらためて理解できたように思ったものだった。

その、とりわけ迷った本の中の一冊に、阿部昭の『単純な生活』があった。この本はこれから先も何度か読み返すことになるだろう、という確信に近い思いがあったからだ。しかし、にもかかわらず、最終的に送る箱に入れることにしたのは、このような本こそブラジルの日系人や日本人が読みたがっているものなのではあるまいか、と考えたからだ。

どうして私は『単純な生活』を何度も読み返すことになるだろうと思ったのか。それには、二つの理由があった。ひとつは、そこに描かれている主人公の生活に不思議な懐《なつ》かしさを感じていたということがあった。懐かしさ、というより、その世界にたゆたうことの快さ、とでもいうべきものだったろうか。理由のもうひとつは、しかし、その内容の明快さとは別に、『単純な生活』に関してなんとなく曖昧《あいまい》なままになっていることがあり、私にはそれが気に掛かってならなかったということがあったのだ。

その気掛かりとは、阿部昭という作家は、その早い晩年に、どうして日記に、あるいは日記のようなスタイルの文章にあれほど強い関心を示すようになったのかということである。

もっとも、そもそも阿部昭の作品はほとんどが日記のようなものではないかという言い方ができないわけではない。確かに、その作品の多くが「私」とその周辺の人物との出来事によって成り立っている。しかし、そうした私小説的な作品群と、『言葉ありき』『十二の風景』『変哲もない一日』のいわゆる三部作から『単純な生活』を経て『緑の年の日記』に到《いた》る、日記というスタイルに拘泥《こうでい》した作品群とのあいだには、画然とした差異がある。そして、その作品群の連続的な打ち出され方には単なる偶然という以上のものがあるように思えたのだ。

2

なぜ日記だったのか。私はこの『阿部昭集』の月報に小文を書くという機会を与えられて、以前から抱いていた小さな疑問にささやかな答を与えるべく、『単純な生活』を講談社文芸文庫版で読み直してみた。単にそれだけでもいくつかの発見があったような気がするが、たまたまその直前に古井由吉《ふるいよしきち》の『楽天記』を読んでいたことが、その疑問に対する答のいくつかの手掛かりを与えてくれることになった。もちろん、本来その二つの作品には何の関係もない。偶然、読む時期が続いたというにすぎない。だが、阿部昭の『単純な生活』に古井由吉の『楽天記』を重ね合わせると、『単純な生活』の特質が際立《きわだ》ってくるように感じられてきたのだ。

実際、この二つの作品は驚くほどよく似た構造を持っていた。主人公が「私」という一人称を持っているか「柿原」という名前を与えられているかの違いはある。しかし、その五十前後の文筆家が季節の移ろいや身辺の雑事に対応しながら生きている様を描いていくという構造においては何ら変わるところがなかった。その上、どちらの作品も、著者にさえどのような結末が訪れるかわからないまま、「単純」と「楽天」という言葉を頼りに毎月書き進められていったものであるらしいのだ。

いや、似ているのはそれだけではない。主人公の生活のリズムや新聞記事に対する感想の述べられ方、さらには、途中に一度の外国旅行をはさんだあとで大病をするというところまでそっくりなのである。

しかし、そうした外見的な相似にもかかわらず、これほど読後の印象の違うものもないだろうと思われる。

阿部昭と古井由吉とは極めて都会的な小説家だが、たとえば『単純な生活』と『楽天記』にあらわれた都会性には明瞭《めいりよう》な差異がある。『楽天記』に都会人の感受性の最も鋭敏な部分がゆらめいているとすれば、『単純な生活』には都会人の行動様式の抑制された美意識が顔をのぞかせている。その美意識をたとえば都会人のダンディズムと呼んでしまってもいい。ダンディズムというものが何をするかではなく、何をしないかという意志によって支えられているとすれば、『単純な生活』には、そうとは書かれていないままに、いかに多くの「しないこと」が存在していることだろう。それは「あえて」という気配が色濃く漂っている。
だが、その阿部昭の作品の上でのダンディズムは、必ずしも生来のものというのではなく、書く上で自らを律していくことが生きることにも及んだ結果ではないかと思えてならない。何を書くか、いかに書くか、ではなく、何を書かないか、いかに書かないか。書く上での制約を自ら課す。それが生きる上での制約となり、それがさらに書くことの制約に及ぶ。《限られた素材に執着拘泥する傾向は、私の生来の気質に根ざすもののようで》と『阿部昭全作品6』の「著者後記」にはあるが、小説の素材が年を経るごとに狭まっていったのは、つまり、「私」へ「私」へと収斂《しゅうれん》していったのは、「する」ことより「しないこと」で自分を持していった結果ではなかったかという気がする。

3

私は文壇ジャーナリズムとは遠くにあったため阿部昭という作家との接点はまったくなかったが、ひとつだけ小さな関わりを持ちかけたことがある。一九七八年に刊行された『阿部昭全短篇』を書評するに際して、私は「天使が見たもの」に注目した。

それが小さな新聞記事を材にして成ったということを知り、現実の事件がどのようにフィクションとして変形されているのかを分析するところからその書評を始めることにしたのだ。しかし、肝心の事件の詳細がわからない。そこで、編集者を介して、その記事がいつのものだったか教えていただけないだろうか、とお願いした。返事は、ノー、だった。もちろん、それでは、と新聞の縮刷版を丹念に調べることでその小さな記事は見つけられたのだから、労を惜しんだこちらが悪いのは言うまでもない。今になってみれば、小説の素材となった新聞記事について訊《たず》ねられた作家の困惑がよくわかるような気がする。まったく礼を失した行為だった。

それはそれとして、私はその記事と実際に書かれた小説とを比較することで、短編作家としての阿部昭の卓越した技倆《ぎりょう》を発見すると共に、阿部昭の作品世界に通底する「過剰を拒絶する意志」と「人間を肯定する意志」の二つの特質を見いだすことになった。多少、語呂《ごろ》合わせのきらいもなくはないが、そのふたつは『全短篇』までの阿部昭を語ってさほど的外れのものだったとは思わない。

しかし、永く阿部昭の創作における武器となったその二つの強烈な意志が、時が経《た》つにつれて逆に小説を書きにくくさせていったのではないかと思える。なぜなら、小説家は、小説を書いていくかぎりは生きていく上での過剰さを要求されるが、阿部昭はそうした小説家の特権的ともいえる過剰な生から遠ざかることを望んでいたかに見えるからだ。そしてまた、小説を書くという行為への嫌悪《けんお》感が限界まで達していたかにも見えるからだ。小説を書くとは、それがいわゆる私小説であるか否《いな》かにかかわらず、どこかで他者を「悪」にまみれさせることである。まみれさせてもなおよしと言いうるためには、書き手自身もその「悪」にまみれなくてはならない。しかし、それが耐えられないことと感じられるようになってきたとしたら？

『父と子の連作』の「あとがき」には《その後、私は徐々に小説という形式から離れたが、それは表現を小説に限定することが次第に窮屈に感じられ出したからであり》と記されている。たぶんそこに、日記というスタイルに向かう必然性があったのだろう。

ところで、日記にしろ、エッセイにしろ、ルポルタージュにしろ、いわゆるノンフィクションというジャンルの文章にはひとつの限界がある。それは、ひとことで言ってしまえば、ノンフィクションの書き手は本質的に「悪」と相渉《わた》ることができないということだ。「悪」について書くことはできる。しかし、「悪」としての自分を描くことはできない。つまり、ノンフィクションの書き手は、避けがたく「善き人」であり「正しき人」になってしまうのである。その意味では、自らを「悪」として描くことのできる文学の様式は小説だけだといえるかもしれない。そこに『単純な生活』と『楽天記』の読後の印象の決定的な違いがあるのだ。『楽天記』には、主人公が別に何ひとつ悪行をするわけでもないのに、「悪」の気配が漂っている。空気が澱《よど》み、時間が捩《ねじ》れる。逆に言えば、それがこの『楽天記』を小説たらしめている要素でもあるのだ。一方、『単純な生活』には「悪」の気配がまったくない。単純で明快である。生活そのものが単純で明快だというのではなく、生活を肯定する姿勢において一本なのである。まっすぐ、すっくとしている。確かなもの、間違っていないものはどこにある、と常に問いかけているようでもある。そうした正しき生が、すなわち過剰を嫌う正しき生活人としての正しき生が、『単純な生活』の懐かしくも快い世界を形作ることになったのだ。

だが、まっすぐ、すっくとしているものには、捉《とら》えられるものと捉えられないものがある。そのことが、小説家としての阿部昭の思いを屈させることはなかったのだろうか。阿部昭はもういちど「悪」にまみれた世界を描くことを夢見なかったのだろうか。

4

私にとって、阿部昭の作品は、息子であることの苛立《いらだ》ちから出発し、男であることの戸惑いから父であることの喜びへと到り、やがて親であることの哀《かな》しさへ達するのだろうという予感をはらみつつ円環を閉じることになった。だが、『単純な生活』の向こうにはそれとは異なる世界が開けていたのかもしれない。どのような世界が開けようとしていたのか、いや開けていたのか、実のところ私にはよくわからない。なぜなら、私は『緑の年の日記』で阿部昭の忠実な読者であることをやめてしまっていたからだ。

（一九九二年十月）

旅の混沌《こんとん》 金子光晴《かねこみつはる》

1

金子光晴について、私にはひとつの疑問があった。

かつて開高健が山本周五郎を評して「晩年の十年ほどに氏は圧倒的な大勝を得た」と語ったことがある。それは山本周五郎が、不遇の青年期から、ただ読者によってのみ支えられていた壮年期を経て晩年に入ったとき、世俗的に大きな迎えられ方をしたことをさしている。その意味では、金子光晴もまた「晩年に大勝を得た」ひとりであるかもしれない。そして、その勝利を決定づけたのは、『どくろ杯』から『ねむれ巴里《パリ》』『西ひがし』と続く「三部作」を生み出したことによると思われる。それらの、六十年に及ぼうという生涯の執筆活動の背骨ともなるべき傑作が書かれなければ、いくら洒脱《しゃだつ》なフーテン老人ともてはやされようとも、ジャーナリズムにおける最晩年の、あの異常なまでの「ブーム」は起こらなかっただろう。

その「三部作」は、自伝であると同時に紀行文であり、ノンフィクションを装《よそお》いながらフィクショナルな変形も恐れない、という複雑な貌《かお》を持っている。だが、その出現が多くの読者を驚かせ魅了した最大の理由は、五年に及ぶ破天荒な「旅」そのものにあったと思われる。それがどれほど破天荒なものであったかは、他の文士の手になる紀行文と読み比べてみるとよくわかる。期限もなく目的もなく始めた異邦への旅を、いったいどのように終わらせたものかと思い迷いながら、気がつくと五年もの歳月が過ぎていた。そんな紀行文など、戦前戦後を通じてもありはしないのだ。

ところが、この「三部作」をひとつの長大な紀行文として読むと、同じ金子光晴の、それも同じ旅の一部を描いたはずの『マレー蘭印紀行』と、まったく異なる印象を受けることに驚かされる。その違いの理由を、三部作が書かれたのが一九七〇年以降であり、『マレー蘭印紀行』が出版されたのが一九四〇年だという、時間の隔たりに求めることはいちおう許されるかもしれない。三十年もたてばさまざまなことが変化するだろうよ、と。しかし、その両者には、単なる時間の経過によるだけのものとは思えない本質的な差異があるのだ。

2

『マレー蘭印紀行』は極めて独特な作品だといえる。たとえば、一九六〇年発行の修道社版世界紀行文学全集の『南アジア編』には、『マレー蘭印紀行』が出た一九四〇年前後に記された他の作家による紀行文も多く収められているが、そのどれもが『マレー蘭印紀行』とは違った書き方がされている。書き手である「私」がいて、訪れた先の「土地」がある。すべてがそのように描かれている。だが、『マレー蘭印紀行』には、「土地」はあるが「私」は存在しないのだ。とりわけその中心をなすマレー紀行には、ほとんど「眼」と「耳」と化し、ひたすら「土地」を映すことに専念しているかに見える金子光晴が存在するだけである。唯一《ゆいいつ》、「バトパハ」の章で、米粉《ビーフン》の丼《どんぶり》に入っている小さなイカを見て、日本に残してきた幼い息子を思い出すというシーンが出てくるが、それはこの作品の中では唐突という感じが否《いな》めないほど例外的なものである。『マレー蘭印紀行』における「眼」と「耳」、とりわけ強い光を放って「土地」を凝視している「眼」は、当時もそれ以降も充分に異様だったらしく、先に挙げた修道社版世界紀行文学全集の『南アジア編』には、夫人の森三千代の文章が二編収録されているにもかかわらず、金子光晴はまったく収められていない。編者たちもどのように位置づけていいかわからなかったものと思われる。

一方、『どくろ杯』『ねむれ巴里』『西ひがし』の「三部作」には、「私」しか存在しないといってもよい。「土地」は「私」を語るための道具立てに過ぎなくなっている。旅をしている「私」はいる。歩いている「私」はいる。だが、「土地」が希薄なのだ。

そして、不思議なことに、その結果として、『マレー蘭印紀行』にも『どくろ杯』以下の「三部作」にも、いきいきとした「旅」が存在しないことになった。

旅とは何か。比喩《ひゆ》的に語るとすれば、旅とは移動によって起こる風に触れることである。旅を書くとはそこで触れた風を描くことにほかならない。風を湧《わ》き立たせるものとしての「土地」があって、風を感じるものとしての「私」がいる。紀行文はそのどちらが欠けても成立しない。

その意味では、『マレー蘭印紀行』も「三部作」も、どちらも紀行文としては欠けるものがあった。私が疑問だったのは、作品としての質の高さとは別に、それらが紀行文としては異形のものとなってしまったのはなぜか、ということだった。

3

この一カ月、私は金子光晴を読んで暮らした。机に中央公論社版全集十五巻を積み上げ、森三千代をはじめとする周辺の人々が記した文章と共に読んでいった。すると、ある時、これまで曖昧《あいまい》だったものがゆっくりと整理され、疑問が解きほぐされていくように感じられる文章に遭遇することになった。それは「フランドル遊記《ゆうき》」と題された手記で、『マレー蘭印紀行』よりも前にあの破天荒な旅の一部を描いたものだった。堀木《ほりき》正路《まさみち》の『金子光晴　この遅れてきた江戸っ子』で、全集にも収録されなかった「フランドル遊記」という文章があるのを知り、さっそく手に入れて読んでみたのだ。

それはタイトル通りの紛れもない紀行文だった。さして長くないその「フランドル遊記」には、『マレー蘭印紀行』にも「三部作」にもなかった「旅」が存在していた。つまり「私」も「土地」も存在していたのだ。いくつかの掌編が無造作に並べられているだけのその紀行文には、旅の意味を必死でつかみ取ろうとしている若き日の金子光晴がいて、身も心も軋《きし》むような格闘を続けている相手としての異邦が存在する。そしてそこでの金子光晴は、『マレー蘭印紀行』における金子光晴とは違い、異邦に点在する「小さな日本」を転々とするだけではなく、焦燥をもたらすと同時にそれを癒《いや》してくれもする異邦の風土と人々の中に深く身を浸していたのだ。

この「フランドル遊記」には、旅を形作っているあらゆるものが顔をのぞかせ、紀行文として大きく生育していく無限の可能性が秘められていた。だが、当時の金子光晴には、これを一貫性のある長編に仕立てあげることはできなかった。旅は混沌の中にあり、妻との関係もまた見定めがたいものだった。だから彼は、その最後にこう書かなければならなかったのだ。

　記述は単調で、骸骨《がいこつ》のようだ。しかし、それ以上委細《いさい》な記述は更に、もっと適当な形式で記述されるであろうから、——しかし、その機会が失われるときのメモとして、私はここに書きつけを置いたのである。

だが、金子光晴は、それ以後も、長くその旅の全体を描くにふさわしい「適当な形式」を見つけることができなかった。

旅の意味も、妻との関係も確定できない。そこで『マレー蘭印紀行』の金子光晴は、依然として混沌の中にある「旅」から「私」を切り離し、自然と在留邦人の話を中心に「土地」を描くことに専念したのだ。その結果、旅している「土地」はくっきりと浮かび上がったが、旅している「私」は背後に隠れることになってしまった。『マレー蘭印紀行』では旅をしている「私」を描く位置が見つからなかったのだ、と言い換えてもよい。だから、ただ見る者として自分を設定したのだ、と。

だが、その三十年後に書かれた「三部作」では、全面的に「私」を表出できるようになっていた。旅の同行者であった妻との関係も落ち着くところに落ち着き、自分にとっての旅の意味も明らかになった。金子光晴という樽《たる》に仕込まれた旅の酒は、ただ注がれるだけになっていたのだ。しかし、その時、「旅」はすでに遠いものになっていた……。

断片的で未完の「フランドル遊記」が、この破天荒な旅における、唯一の紀行文らしい紀行文となった事情はそのようなものではなかったかという気がする。

もしこの旅の全体が「フランドル遊記」の方向で書かれていたらどうなっていただろう。「晩年の大勝」という劇的なことは起こらなかっただろうが、戦前の日本の文学風土に風穴を開ける、広がりのある文学が誕生したことは間違いないように思う。そしてそれは、『マレー蘭印紀行』や「三部作」のような孤絶した作品ではなく、それ以後の日本文学にひとつの流れを作る源流になったようにも思えるのだ。


（一九九四年二月）

絶対の肯定性　土門《どもん》拳《けん》

1

　私は写真の実作家でもなければ批評家でもない。写真の歴史についての知識もなければ、スタイルの流行についてもほとんど関心がない。そんな私が、写真についての考えを訊《たず》ねられたり、時に原稿の依頼をされたりするのは、ささやかながらいくつかの理由があるからだと思われる。

　第一は、数年前にフォト・ジャーナリストのヒーローのひとりであるロバート・キャパの伝記を訳したことがあるということ。第二に、文章の上でドキュメンタリーを書く作業を続けていること。そして第三に、そのドキュメンタリーも人物を描くということを主なものにしているということ。第一の理由はかなり偶然的なことと言えるが、第二と第三の理由については、私が多くの写真家と重なり合う問題意識を持っているに違いないと思われても仕方ない部分がある。

事実、ノンフィクション・ライターとしての私の重要な関心のひとつに、肖像を描くとはどういうことなのか、ということがある。

十年ほど前、土門拳にインタヴューを申し込んだことがある。当時、私はラジオで自分の会いたい人とその人が望む場所で話を聞くという贅沢《ぜいたく》な番組を任せられていて、その対談相手のひとりとして土門拳を考えたのだ。それには、文庫版で刊行されたのを機に初めて『風貌《ふうぼう》』を手にし、この作家に話を聞いてみたいと思ったという事情があった。私は、当時、土門拳がすでに病の床についているということを知らなかったのだ。

そのとき私が会って訊《き》きたかったのは、やはり肖像についてのことだった。対象の熱量によって写真が決定されるということに苛立《いらだ》ちを感じないか、対象が古びることで写真そのものも古びてしまうことに虚《むな》しさを感じないか……。言うまでもなく、それは私の苛立ちであり、虚しさでもあった。

申し出は、病気を理由に断られた。しかし、その返事をあっさり受け入れた私は、会えないことをさほど残念に思っていなかったらしい。

ところが、この半月ほど、土門拳の写真を繰り返し眺め、文章を読んでいるうちに、どうしてあのとき会っておかなかったのかと後悔するようになった。インタヴューを申し込んだときすでに昏睡《こんすい》状態に入っていたらしい彼とは会うことは不可能だったが、どうして会えないことを悔しがらなかったのか、と思うようになったのだ。

2

いま、私の机の上にあるのは、十年前に刊行された『土門拳全集』第六巻『文楽』の巻末に付された年譜のコピーである。

この詳細な年譜は、他のどんな「土門拳論」より雄弁に、その「栄光」と「悲惨」を物語っている。だが、土門拳の「栄光」と「悲惨」というとき、それらはいったいどのようなものを指すのか。

もちろん、土門拳の「栄光」は明らかだ。

家庭的には必ずしも恵まれていなかったひとりの少年が、持ち前の明敏さと、勝ち気な性格と、独特の美意識と、ある種の山っ気によって、まったく新しい表現ジャンルのフロント・ランナーとして大成する。作家としての知名度、作品の社会的な影響度、それに対する褒賞《ほうしょう》の多さ、さらにはその名を冠した賞の制定と、どれをとっても土門拳の名が「栄光」に包まれていることを証するものばかりだ。

では、土門拳の「悲惨」とは何なのか。

たとえば、幼い娘を事故で失ったことか。あるいは、壮年期に写真家としては致命的と思えるほどの病を得てしまったことか。いや、それは当人にとって悲しみや悔しさではあったとしても、「悲惨」にはつながらない。

土門拳の「悲惨」と言うとき、私が念頭に置いているのは、たとえば昭和三十一年における次のような記述だ。

《一一月発売と予告した『江東のこども』の発売を中止。スエズ動乱、ハンガリー暴動、砂川闘争などの社会情勢の中にあって、単にこどもの生態を捉《とら》えたにすぎない、小市民的リアリズムと自省したためであった》

現代の写真家なら、よほど偏狭なイデオロギーを抱いているのでもないかぎり、「スエズ」や「砂川」より「江東のこども」が軽いとは決して言わないだろう。しかし、当時の土門拳には、彼の理念に照らして、不要不急の写真集と感じられたのだ。

他のどの作品と比べても遜色《そんしょく》のない自分の作品を、抽象的な理念のために犠牲にしてしまう。ここには、土門拳の時代的な限界性がくっきりと映し出されている。

3

ある未成熟な表現のジャンルが成熟していく過程には、必ずそのジャンルの課題を一身に体現したような作家が登場するものだ。フリーランスの写真家というまったく新しい表現者の群れの中で、最も鋭い形で写真というジャンルの課題を抱え込んだのは、木村伊兵衛《いへい》ではなく土門拳だったと思われる。極上の文章家でもある土門拳の二冊のエッセイ集『写真作法《さっぽう》』と『写真随筆』を読んでいくと、その混沌《こんとん》とし、場合によっては矛盾さえしている言説の中に、土門拳が抱え込まざるをえなかった写真表現、それも日本における写真表現というものに対する無数の問いがばらまかれていることに気がつく。

土門拳は、それらの問いに対して自ら答えを見つけていく。社会的リアリズム、カメラとモチーフの直結、絶対非演出の絶対スナップ、奪わず付け加えず……。だが、そうした答えは、さらに新しい問いを生んでいく。その絶え間ない自問自答の中で、繰り返し問われているのは、写真家とはどのような存在なのか、という一事である。フロント・ランナーがまず必要とするのは自らの行為を正当化するための理念である。

理念、それを土門拳自身の用語に従って「大義名分」と言い換えてもよい。自分はなぜ撮るのか。時に対象を傷つけてまでなぜ撮ろうとするのか。だが土門拳は、自分が打ち立てた職業的な写真家としての大義名分と、表現者としての自分の生理との間に存在する微妙な落差に悩まされることになる。『江東のこども』はその落差に消えた写真集と言えなくもない。

では、『江東のこども』を幻の写真集とした土門拳の理念はどのような運命を辿《たど》ったか。

そこで、ふたたび年譜に眼を向けてみる。それを見て私たちが驚くのは、土門拳のいわゆる「社会的リアリズム」の傑作『ヒロシマ』と『筑豊《ちくほう》のこどもたち』が、わずか二年ほどの間に連続して撮られているということである。とりわけ、『筑豊のこどもたち』は、わずか二週間で撮られたという。逆にいえば、そこには一三三五カットを二週間で撮り上げられるだけの確かなモチーフが存在していたともいえる。理念と、理念が必要としていたモチーフとの幸せな遭遇があったのだ。

しかし、年譜でさらに驚かされるのは、それ以後はほとんど『ヒロシマ』や『筑豊のこどもたち』の系譜につらなる新たなテーマの写真集が刊行されていないことだ。

もちろん、筑豊取材の直後に見舞われた脳出血の後遺症のため、小型カメラを手に飛び廻ることができなくなったという事情はあるだろう。だが、もし体が病に冒されなかったとしたら、まだある程度自由に動けたとしたら、土門拳は「社会的リアリズム」のモチーフを新たに発見できたろうか。

以前、私はロバート・キャパの死に触れて、常に戦争を「義」の側に立って撮りつづけてきた彼は、第二次大戦以後の「義」と「不義」の境界が曖昧《あいまい》な戦場で、かつてのように確信を持って戦争を撮りつづけることができたろうか、と書いたことがある。同じように、一九六〇年代以降の日本は、ヒロシマや筑豊のような「確かな」モチーフを見つけにくい社会に変貌していった。たとえ、そこに健康な土門拳がいたとしても悪戦は避けられなかっただろうし、むしろ、見つけられない苦しさに悩んだのではないかという気がしてならない。

やがてジャンルは成熟していく。それは、初期の頃に表現を縛っていたものからの解放という過程を辿る。モチーフに関しても、方法に関しても、趨勢《すうせい》は「すべてあり」という方向に流れていき、表現されたものが「何か」でありさえすればいいということになっていく。つまり、大義名分は自由さを縛るものとして認識されるようになり、時代が大義名分を必要としなくなるのだ。

土門拳も大義名分を持ちつづけることの危うさはすでに理解していたと思える。昭和四十二年に書かれた「事実ということ」という文章には、次のような一節が見える。
《わたしたちは実に長い間、真実という幽霊に迷わされていたように思う。それを最近わたしはつくづく思いかえされ、慚愧《ざんき》にたえないものを感ずる》
これは、「真実」という言葉を「大義名分」と置き換えて読むことも可能な文章なのだ。そして現実に、土門拳は『古寺巡礼』において、大義名分とは無縁の、彼の美意識に忠実な写真を撮りつづけることになる。手足の麻痺《まひ》という肉体上の制約が、自分の枷《かせ》となっていたものを取っ払う助けをしてくれ、美意識に忠実に振る舞うことを可能にしてくれたのだ。
《それにしてもわたしたちは何んと長い間、対象たる事物に寄りかかってきたことか。婦人科はモデル嬢の肢体やコスチュームの美しさに、風景科は山川草木や夕映えの美しさに、文化財科は伽藍《がらん》建築や仏像の美しさにべったりおんぶしてきたように、社会科は社会科で基地や広島や沖縄やベトナムにおんぶしてきた。許せないのは、デモや基地を対象とする社会科がより高級で、進歩的で、モデル嬢や口紅の棒を対象とする婦人科やＣＭ科は一段低級で、反動的であるかのように見下げられてきたことだ》
これもやはり昭和四十二年に書かれた「二宮金次郎主義」という文章の一節である。

『江東のこども』を幻のものにしてから確実に十年が過ぎていた。

4

写真の対象となった人物が死に、風景が消え、出来事が遠くなり、さらにはそれを撮った写真家自身もこの世を去ってしまう。そのとき、残された写真はどのようなものとして存在することになるのか。

確かに、土門拳の写真には歴史的な人物や風景や出来事が写っている。一応は「記録されたもの」として存在していることは間違いない。だが、そこに記録され定着されているのは対象ばかりではない。対象と向かい合う土門拳自身の影がくっきりと映り込んでもいるのだ。あるいは、こう言い換えてもよい。すべては、土門拳の「彼」「彼女」であり、土門拳の「広島」「筑豊」であり、土門拳の「寺社」「仏像」として存在している、と。つまり、土門拳の写真は土門拳という「伝説」と無縁で存在することができにくくなっているらしいのだ。

ところが、不思議なことに、土門拳の「伝説」に照らし出された作品の中で、とりわけ鮮やかな輝きを帯びて見えるのは、彼自身の美意識に忠実に撮られたあの『古寺巡礼』の膨大な作品群であるより、揺れ動く時代の中で大義名分を振りかざして撮りまくっていた時期の作品群のように感じられる。それは、あたかも、土門拳を制約していたはずの時代性が、かえって写真の古びることを防ぎ、それどころか、常に新しい生命を吹き込むエネルギー源になっているかのようでもある。

ここにおいて、土門拳の「悲惨」が「栄光」を支えるという極めて逆説的なことが起こる。それはまた、時代に深く囚《とら》われた作家だけが「伝説」となりうる、ということを鮮やかに物語るものだったかもしれない。

5

――これで私なりの「土門拳論」は書き終えたと思えた日の深夜、ふと思い立って、『風貌』が収められている『土門拳全集』第九巻を開いてみた。

そして、ゆっくりとページを繰っていくうちに、昼間書き終えた土門拳についてのスケッチには、大事なことが欠けていたような気がしてきた。

大型の画面に印刷されたひとりひとりの肖像を眺め、その横に付された彼らについての文章を読み、また肖像を眺め、ということを続けているうちに、ただの歴史的人物としてしか存在しなかった『風貌』の人々が、生き生きと現前しはじめたのだ。

それにしても、これだけの短い文章で、これだけ見事に人物を描くことなど、プロフェッショナルなライターであっても不可能である。土門拳は、写真家としての眼ばかりでなく、書き手としても類《たぐ》い希《まれ》な才能を持っていたのだろう。その文章は、対象の言葉を巧みに掬《すく》い上げているだけでなく、撮り手である土門拳と対象との距離と、その距離のドラマを伝えてほとんど完璧《かんぺき》である。

写真と文章によって描かれた人間の肖像から、そこに込められたさまざまな感情や時間が浮かび上がってくる。その中に黙って身を浸していると、彼らに対して心が開いていくのを覚える。そして、何かが心を洗い流してくれるように感じられてくるのだ。何か。それは、土門拳の人間に対する肯定性といえるものだったかもしれない。しかも「絶対」の肯定性。土門拳はいくつか「絶対」という言葉を用いたが、真の意味で「絶対」に到達したことはなかった。だが、この人間に対する肯定性だけは、「絶対」と形容することが許されるものだったのだ。

そう思って、あらためて『古寺巡礼』の写真群を見直すと、最前までと違った相をもって見えてきた。そこに写っているどの寺院も、仏像も、草木も、すべてが肯定されていた。土門拳は晩年の不自由な体を呪《のろ》ったこともあるだろう。しかし、その体によって撮られた『古寺巡礼』の写真からは、世界を肯定する意志しか見て取れなかった。

もしかしたら、土門拳の写真はその時代性の刻印の深さによって古びないのではなく、世界と人間に対するその絶対の肯定性によって古びないのかもしれなかった。

（一九九五年七月）

獅子《しし》のごとく　高峰《たかみね》秀子《ひでこ》

1

　十年ほど前のことだった。三軒茶屋の古本屋で一冊の本を見つけて買い求めた。書名は『私のインタヴュー』、著者名は高峰秀子。しかし、私がその本を買う気になったのは、高峰秀子の本だからというのではなかった。

　私にとって女優の高峰秀子は同時代のスターではない。彼女が出演している多くの映画を見ているが、そしてそれぞれに強い印象を受けてはいるが、封切られた直後に見たという映画は一本もない。名画座で見たり、テレビで見たり、ビデオで見たりした映画の中の女優でしかない。どこかにおきゃんな娘時代の面影を宿しているかのような高峰秀子は魅力的だったが、だからといって書いた本を読もうというほどのファンではなかった。

　当時、インタヴューとは何かということについて原理的に考えたいと思っていた私にとって、重要だったのは『私のインタヴュー』という書名だった。極言すれば、当時の私にとっては、書名にインタヴューとありさえすれば、誰が書いたものでもよかったのだ。

それは、高峰秀子がさまざまな世界の女性に会い、話を聞くという女性誌の連載記事をまとめたものだった。登場してくるのは、広島の被爆女性、芸者衆、産児調節運動家、灯台守り、美容師、撮影所の裏方、セールスウーマンといった女性たちである。しかし、話されている内容があまりにも古めかしく、また、登場人物の多くが話すことのアマチュアのためか、あまり面白い話が出てこない。奥付を見ると、発行が昭和三十三年となっていた。

しかし、だからといって、この本がつまらなかったかというと、そうではなかった。最後に近く、木下サーカスに所属する三人の女性団員をインタヴューしている章がある。同じ「芸」の道を幼いころから歩んできたという親近感があったのだろう。終始、和やかに進んでいくが、その中で、高峰秀子がこう訊《たず》ねるところが出てくる。

「わたくしはね、いろんな人にきかれるんです、どういうときが一等つらいかってね。しかし、つらいということはあまり憶《おぼ》えてないんですよ。つらかったというより、それがあとになるとたのしい想《おも》い出になるでしょう。だからつらいことなんかありませんと言っちゃうんですけれども……」

と、ここまで自分のことを語っておいて、一転してこう訊ねていく。

「……それでこっちがきくのは変ですが、つらいなと思うようなことがあります？　それはどんなことです（笑）。」

まず、自分が困惑するような質問を受けたときの体験を語り、しかし、にもかかわらず、自分もそのつまらない質問をあえてしてみたい、と続ける。このインタヴューの呼吸は見事である。自分の特異な経験を絶対化することなく、冷静に捉《とら》え直し、それを他者との関係の構築の際に利用する。まさに、インタヴューというものの極意に近いものが発揮されている。それはまた、インタヴュアーとして、というだけでなく、人間としての賢明さが際立《きわだ》つ問いかけ方でもあった。

このときは、団員のひとりから「そうですね。やっぱり気がすすまないときに舞台に出るときなんか……」という平凡な答えしか引き出せなかったが、私は高峰秀子という女優に強い興味を覚えることになった。高峰秀子とはいかなる人物であるのか？

そこで、私は高峰秀子の『わたしの渡世日記』を読んでみた。読んで、驚いた。そこに思いがけないほど豊かな世界が存在していたからだ。

2

欧米、とりわけアメリカの映画人には、自分の人生をできるだけ正確に記そうという意志に貫かれた秀《すぐ》れた自伝がいくつもある。だが、日本では、とりわけ映画女優による秀れた自伝は皆無に等しい。そこには自分をさらけ出すことをはしたないと考える国民性も与《あず》かっているのかもしれないが、もしかしたらさらけ出すべき自己が希薄なせいかもしれなかった。しかし、『わたしの渡世日記』の高峰秀子は、日本の女優では例を見ない率直さで、自ら辿《たど》ってきた道筋を述べていた。

この一級の自伝を読んで、これは本当に高峰秀子が書いたものなのだろうかと、多くの人が考えただろうことを私もまた考えた。アメリカでは、「BY」とか「WITH」とかいう言葉で表記される一流の共著者がいる場合が少なくない。日本においてはその名前を明らかにする習慣がないが、有名人の自伝にはやはりゴーストライターと呼ばれる書き手がつくのが普通のこととなっている。『わたしの渡世日記』を前にした多くの読者が、高峰秀子にもこの種のライターがついていたのではないかと考えたのも、ある意味で当然だった。

誰かに書いてもらったのではないか。

この疑問は、直接間接に高峰秀子に投げかけられ、彼女を悩ませたらしいことが『コットンが好き』に収録されている「文章修行」という一文からもうかがえる。

《ゴーストライターがいたのだろう、とか、ダンナに書いてもらったのだろう、と、テンから信じていた人もあったようで、将棋の升田幸三《ますだこうぞう》サンに至っては、私の顔を見るなり開口一番、「朝日もよく調べて書いとるなア」ときたのには、私はビックリするより先にガックリしたものである》

だが、もう一度読み返した私は、これが高峰秀子自身によって書かれたものだろうという結論に達した。もし、連載していた「週刊朝日」の記者か夫の松山善三《まつやまぜんぞう》が書いたものなら、文体をもっと「女性らしい」ものにしようと努めただろう。ところが、『わたしの渡世日記』は、《私の母は、今年七十四歳である。母の唯一《ゆいいつ》の誇りは天皇サマ（昭和天皇）と同じ年であること、そして最大の悲しみは一人娘の私が育ちすぎて手に負えなくなったことらしい》という冒頭から、《私の口の中に、まだ「親知らず」は生えていない》という最後の一行まで、極めて男性的な筆致で書かれている。それは、高峰秀子が自分自身で書いているため、「女性らしく」などということを顧慮《こりょ》しなくてすんだ結果なのだ。

そのことは、さらに高峰秀子の何冊かの著作を読むことで確信に変わった。そして、ここには、「文章のうまい女優」がいるのではなく、単にひとりの「文章家」がいるだけなのだと認めざるを得なくなったのだ。

とにかく、うまかった。

言いたいことを言いたいように書く。容易そうに見えてこれほど難しいことはないのに、文筆家としての高峰秀子はいとも簡単にその困難を突破していってしまう。たとえ当人がどれほど苦しんで書いたとしても、簡単にやってのけているかに見せるだけの筆の軽やかさがあるのだ。

そういえば、『私のインタヴュー』の本の帯に、文藝春秋の社長になる直前の池島信平が次のような言葉を寄せていた。

《高峰さんのように、頭の回転が早くて、心の温かい人をジャーナリストにしたら、素晴らしい婦人記者が出来上がるだろうとは、いつも思っていたし、高峰さんにも直接、話したことがある。そのうちに「婦人公論」がこの企画を機敏に取上げて、高峰さんのインタヴューを連載した。注意して毎号読んでいったが、果して私の期待した通り、時には期待以上の出来栄《ば》えであった。高峰さんの発言の面白さと鋭さは、ちょっと比類がない》

池島が言うように、『私のインタヴュー』における高峰秀子の発言は、スターらしくない率直さに裏打ちされた、回転の速いジャーナリストのそれのような面白さがあった。だが、『わたしの渡世日記』をはじめとする著作には、ジャーナリスティックな面白さ以上の文章の冴《さ》えがあった。

とりわけ、それは他者を描く際に発揮されていた。

幼い頃に大人の世界に投げ込まれた子供に特有な対応の仕方は、見たくないものは見ないという方法を会得《えとく》することだ。五歳で子役となった幼い高峰秀子は、夜、遅くまで仕事をしなくてはならないときには、よく狸《たぬき》寝入りをしたものだという。そうしなければ体がもたないことを子供心に感じ取っていたからだろうともいう。

だが、現実を見る彼女の眼は閉じられていなかった。

終戦直前、若い高峰秀子は『アメリカようそろ』の撮影のため、千葉の館山《たてやま》に滞在する。そのとき、監督の山本嘉次郎《やまもとかじろう》が撮影の合間にぼんやりしている彼女に言う。

「なんでもいいから興味を持って見てごらん。なぜだろう？　どうしてだろう？　って……。考えるっていうのはワリと間が持つよ。そうすると世の中そんなにつまんなくもないよ」

この山本嘉次郎の言葉に「眼からウロコが落ちた」と高峰秀子は書いているが、私にはそれが契機で外界に関心を持つようになったとは思えない。高峰秀子の眼には最初から鱗《うろこ》などついていなかったのだ。彼女は、他人に対して、常に生き生きとした好奇心を持ちつづけていた。そうでなければ、幼い頃に出会った人々のスケッチを、あのような鮮やかな一閃《いっせん》で描けるはずがない。

3

高峰秀子の『わたしの渡世日記』には、彼女が養女に貰《もら》われてくるいきさつから、偶然のことから五歳で映画の子役になり、それ以後も芸能界、とりわけ映画の世界で生きてきた半生が描かれている。

そこで描かれているのは、当然のことながら高峰秀子がどのように生きてきたかという「軌跡」である。とりわけ、彼女が子役になってからは、出演した映画作品を通して人生が語られる。ある時点までは、やはり映画が人生とほとんど同義だったのだ。

しかし、『わたしの渡世日記』において重視されているのは、彼女の軌跡だけでなく、その中で出会った人々を描くことでもあった。

実父と養父と第三の父親として名乗りを上げた東海林太郎《しょうじたろう》。山本嘉次郎、小津安二《おづやすじ》郎《ろう》、木下恵介《きのしたけいすけ》、成瀬巳喜男《なるせみきお》といった監督たち。子役時代、その女形姿の美しさに抱かれるたびに胸を探ってしまったという花柳章太郎《はなやぎしょうたろう》をはじめとする、大河内伝次郎《おおこうちでんじろう》、森《もり》雅之《まさゆき》といった男優たち。少女時代の高峰秀子の生活を華やかに彩《いろど》ってくれた田中絹代《たなかきぬよ》や岡田嘉子《おかだよしこ》や入江《いりえ》たか子らの女優たち。さらに、彼女にとっての教師としての役割を担《にな》ってくれた梅原龍三郎《うめはらりゅうざぶろう》、谷崎潤一郎《たにざきじゅんいちろう》、川口松太郎《かわぐちまつたろう》らの巨人たち。そして、淡い恋心を抱いた黒澤明《くろさわあきら》や実際に結婚することになる松山善三といった助監督たち。

中でも、強い印象を残すのは、養母によって仲を引き裂かれることになる黒澤明との出会いと別れの情景だ。プライドを傷つけられた青年の頑《かたく》なさ。それを受け止めるスターの少女。ここには文筆家としての高峰秀子の才能がきらめくようにあらわれている。

《彼は食堂の前の芝生に、一人でポツンと立っていた。私は駆け寄った。

「黒澤さん！」

彼は私を見た。彼の顔には、あの人なつっこい笑顔はなく、ほとんど無表情に近い。とりつくしまもない、というのはああいう表情のことをいうのだろうか。私は彼の口が開くのを待った。三秒……四秒……、彼は一言も言わず、突然クルリと踵《きびす》をかえすと、私に背をみせて足早に立ち去って行った。

しかし、ふしぎに、再び黒澤明に近づこうという気持ちはなくなっていた。生まれてはじめて見た、男の素顔、というか、あの能面のように硬い黒澤明の表情が恐ろしかったのかもしれない》

（中略）

高峰秀子の文章を特徴づけるのは、他者を描くときの的確さと、自己を描くときの突き放した態度である。自分に対して決してベトついた書き方をせず、常に自己を相対化しようと努めている。それはごく一般的な女性の書き手とは際立って対照的な態度といえる。自分の苦しみや悲しみは諧謔《かいぎゃく》を用いたり、照れて「ズッコケる」口調を用いることなしに語ろうとしない。

間違いなく高峰秀子にも苦しみや悲しみはあったろう。だが、その苦しみや悲しみが人生のすべてではなかった。美しいものを見ることができたし、おいしいものを食べることもできた。いい仕事をする仲間にも恵まれたし、鮮烈な人と出会うこともできた。そのうえ心やさしい人と結ばれることもできた。それでどうして人生を肯定しないでいられるだろう。

ここに高峰秀子の文章の最大の特徴である、その底に貫かれている人生を肯定する意志の強さが明らかになる。人生を肯定する意志、というのが大袈裟《おおげさ》ならば、人生を味わい尽くそうとする意志、と言い換えてもよい。

4

この『わたしの渡世日記』は、文筆家としての高峰秀子にとって特別な作品であるといえる。それが彼女にとって最も長い作品になったからというだけでなく、以後の活発な文筆活動もここを源として流れ出しているといえるからだ。

高峰秀子は、『わたしの渡世日記』以後、松山善三との共著である「旅は道づれ」シリーズを除いても、『つづりかた巴里』、『いっぴきの虫』、『いいもの見つけた』、『台所のオーケストラ』、『コットンが好き』、『人情話　松太郎』、『私の梅原龍三郎』、『おいしい人間』、『にんげん蚤《のみ》の市』といった小粋なタイトルの本を何冊も出していくことになる。

それらの文章は、多くが『わたしの渡世日記』という大河から発した小さな流れだが、しかし、『わたしの渡世日記』で書いた挿話をただなぞるだけのものに終わってはいない。そこに思いがけない新しい物語の舟を浮かべてもいるのだ。

たとえば、『わたしの渡世日記』で三つの顔を持つ人として描かれた大河内伝次郎。

それは『おいしい人間』で再び取り上げられ、正やんという付き人の挿話を重ねることでさらに陰影濃く描かれることになる。

あるいは田中絹代。子役時代に鎌倉山の御殿のような自宅に招かれ、泊まったあげくいろいろな貰い物をしたことは『わたしの渡世日記』でも描かれている。これが『いいもの見つけた』の「櫛《くし》」という文章の中では、「お仕事の役に立つかもしれないから」と手渡された三枚の櫛によって物語の幅が広げられる。貰った櫛の一枚は、高峰秀子が「こんな役者がいたのか」と震撼《しんかん》させられた杉村春子にプレゼントされていくのだ。

なぞっているどころか、高峰秀子の人間を描く筆遣いは、『わたしの渡世日記』以後、さらに磨きがかけられているといえる。

たとえば、最新刊の『にんげん蚤の市』の中に、「菜の花」という司馬遼太郎について書かれた文章が収められている。

《動物好きの人が、野良犬《のら》や捨て猫の前にしゃがみこんで、「ホラ、こいこい、おいで」と手をさしのべているときの、こよなく優しく柔らかいまなざしを、誰でも見たことがあると思う。

野良犬や捨て猫は一瞬、身を低くして警戒の体勢をとるが、やがて優しい眼の色にひかれてソロリ、ジワジワとにじり寄る。「お、きたか」とひとこえ、すくいあげるように抱きあげて膝《ひざ》に乗せ、「寒くはないか?」「ハラがへってるんじゃないか?」と、ゆっくりと背中を撫《な》でてやる……。

司馬先生は、犬や猫のみならず、どんな人間にでも常にこの眼で向きあった》

この一節は鮮やかだ。

私は司馬遼太郎と面識がない。だから、司馬遼太郎が本当にそのような「眼」で人と対したかどうかの判断はつかない。しかし、「動物好きの人」の「野良犬や捨て猫」に対する振る舞いの描写の確かさには驚かざるをえない。そして、その結果、なるほど、司馬遼太郎の人への対し方はこのようであったのかもしれないと思わされるようになる。

高峰秀子の『わたしの渡世日記』は松山善三との結婚で終わっている。結婚後のこともさまざまな形で本文の中に繰り込まれているが、《松山善三と私の結婚式は、昭和三十年三月二十六日の午後三時から十五分間で終わり、私はこの日から、第二の人生というべき結婚生活の道を歩きだした》が『わたしの渡世日記』の実質的な最後の一文だと考えられる。

結婚を最後の区切りとしたのは正しい判断だったと私には思われる。その時点で「高峰秀子」の「渡世」は終わっているからだ。ひとりで世を渡って行かなければならなかった三十年は終わった。

では、それからさらに四十年以上が経《た》ったいま、『続・わたしの渡世日記』は成立し得るか。恐らく、成立し得ない。単に、《初めからいまがいい。いまがいちばん幸せだから》（『いっぴきの虫』）というほどの、満たされた結婚生活が続いているからというだけではなく、絶対的な対立項として『わたしの渡世日記』の一方の主人公でもあった養母が、完全にフェイド・アウトしてしまっているからだ。《「うちは日蓮宗《にちれん》だよ」と言っていた母が亡《な》くなったのはキリスト教の病院だった》（『いいもの見つけた』）

娘に執着し、金に執着した養母が存在したからこそ『わたしの渡世日記』における「渡世」が存在した。結婚してからは「生活」、それも極めて波乱の少ない「生活」があるだけになった。

とすれば、この『わたしの渡世日記』上下二巻とそれ以後に書かれた十数冊のエッセイ集は、高峰秀子にとっての「渡世」と「生活」の違いを映していることになる。高峰秀子にとって、松山善三との生活はひとつの長大な作品だったのかもしれない。

だが、この作品はこれまでの作品とは違い、演じることではなく、生きることで作品となった。すなわち、『わたしの渡世日記』以後の十数冊の著作は、その作品を製作していく過程の「報告の書」と読めなくもないのだ。

5

私はこんなことも夢想する。

高峰秀子にとっての真の作品とは「高峰秀子」だったのではあるまいか、と。平山秀子から松山秀子に戸籍上の名前は変わったが、彼女は五歳のときから一貫して高峰秀子でありつづけた。高峰秀子という名前には、華麗さと堅牢《けんろう》さがないまぜになったような独特の趣がある。それは養母の芸名であり、現《うつ》し身《み》の人間としてはどこにも存在しない幻の人物でもあった。

彼女は、このどこにもいないはずの「高峰秀子」に向かってゆっくりと成熟していったように思われる。子役からスター女優として映画の世界を生きることで、また、松山善三の妻として敬意と友愛に満ちた家庭生活を築いていくことで、高峰秀子はゆっくりと「高峰秀子」という作品をつくってきたのではなかったか。

夫である松山善三が冗談めかして《結婚当時は、わが家の嫁さんもカワイコちゃんであった。カワイコちゃんは、結婚生活二十五年の間に、次第に変貌《へんぼう》し、孤独な、しかし毅然《きぜん》とした雌ライオンに変身した》(『旅は道づれツタンカーメン』)と書いているが、最後の「毅然とした雌ライオン」という評言は戯《ざ》れ言《ごと》として捨て去るには惜しいものがある。

それは究極の「高峰秀子」像と一致するような気がするのだ。

多くの著作から浮かび上がってくる高峰秀子は、几帳面《きちょうめん》だったり、意固地だったり、凝り性だったりするが、本質的な意味における都会人である。その彼女が、敬愛する二人の都会人について書いた二冊の本の中に、同じひとつの言葉が出てくる。

《川口先生の身体を貫く鋼鉄のように強靭《きょうじん》なものはいったい何だろう？

ひと言でいえば、「人生に対する潔《いさぎよ》さ」ではないか、と思っている》(『人情話　松太郎』)

《いまの日本に、こんなに立派で潔い男性がいるだろうか？》(『私の梅原龍三郎』)

潔さ。

もし、高峰秀子が雌ライオンであるとするなら、この雌ライオンの最大の願望は、人生において常に潔くありたいということであるに違いない。

それが達成されたとき、「毅然とした雌ライオン」は真の「高峰秀子」になっているはずである。

（一九九八年三月）

ささやかな記憶から　吉行淳之介《よしゆきじゅんのすけ》

1

吉行淳之介は私が親しく言葉を交わしたことのある数少ない小説家のひとりである。といっても、その多くは酒場で顔を合わせ、他愛ないおしゃべりをしたというにすぎない。しかし、どこかに「親しく言葉を交わした」という確かな感じが残っているのだ。

顔を合わせるのはほとんどが銀座のはずれにある小さな酒場だったが、吉行淳之介はそこから定宿にしている銀座のホテルに帰っていくことがよくあった。たいていは何かの会合の流れだったために ハイヤーが用意されていたが、時折そうした車の用意のないことがあった。その酒場からホテルまでさしたる距離があるわけではなかった。もし普通の体力を持っていれば酔いざましの散歩にうってつけということになっただろう。だが、晩年に近くなってからは、その程度の距離を歩くのも億劫《おっくう》になっていたようだ。しかし、だからといって、そこからタクシーを拾ってホテルまで乗っていくなどということは、吉行淳之介の神経では到底できないことだった。いや、夜の銀座では、吉行淳之介でなくてもかなり勇気がいる行為だったかもしれない。あまりにも近すぎる。そこで、私も何度か、自分の帰りのタクシーに吉行淳之介を乗せ、途中でそのホテルに立ち寄って降ろす、という役目を引き受けることになった。

そのようなある時、道路が混んでいて、なかなか目的のホテルに着かないことがあった。前方に顔を向けたまま続けていた会話が途切れ、しばらくして、吉行淳之介が不意に私の年齢を訊《たず》ねてきた。

「沢木さんはいくつになった？」

私は三十代の後半に入っていた。私が自分の年齢を告げると、軽く頷《うなず》く気配がして、吉行淳之介はこう言った。

「いまが一番いいだろう」

私は一瞬、答えに詰まった。

何が一番いいのか。だが他でもない吉行淳之介が言っているのだ。それはきっと「女」に違いない。その年齢の頃というのは「女」に関して最も充実していないか。そう言っていると解するべきなのだろう。私には取り立てて「一番いい」という実感はなかったが、しかし、その時の吉行淳之介の問い掛けには、「いいえ、別に」と答えるのをためらわせるものがあった。それは私に向かっての問い掛けであると同時に、幾分かは自分自身への語り掛けという要素も含んでいたように思えたからだ。

「……ええ」

私の答えは歯切れの悪いものだったかもしれない。吉行淳之介はその歯切れの悪さを年長者への一種の遠慮と好意的に受け取ってくれたらしく、また軽く頷く気配があって、言った。

「そうなんだよなあ」

そこには、男というのは三十代の後半が一番いい時代なのだ、といった一般論を語っているのではない、自身の過去に向けての詠嘆の響きが微《かす》かではあったが感じられた。もちろん、どこかに、笑いを含んだような、冗談めかした調子がなくはなかったのだが。

それから数年したある夜のことだ。まったく同じ状況が訪れ、私は吉行淳之介を銀座のはずれの酒場から定宿のホテルまで送ることになった。

その時もなぜか道路が混雑し、なかなか目的のホテルに着かない。すると、また吉行淳之介が訊ねてきた。

「沢木さんはいくつになった？」

その時、私は四十になっていた。私が年齢を言うと、吉行淳之介は前とまったく同じ言葉を口にした。

「いまが一番いいだろう」

今度は滑らかに答えが口をついて出た。

「ええ」

それは別にその時期が「一番いい」からではなく、吉行淳之介のその問い掛けが、以前よりさらに強く自身に向けられたもののように感じられたからだ。

私が答えると、吉行淳之介は前の時とまったく同じ言葉を発した。

「そうなんだよなあ」

私は吉行淳之介をホテルで降ろした後で不思議な気分に襲われた。

数年を挟んでまったく同じことが繰り返された。同じ問い掛けに同じ感慨。しかし、それを吉行淳之介の「老耄《ろうもう》」に起因するものとは思わなかった。深夜の銀座でほとんど動かないタクシーに年少の者と一緒に乗っている。その状況の何かが、同じ問い掛けを口にし、同じ感慨を催させるきっかけになったのだ。

多分、その問い掛けにも感慨にも深い意味はない。そう思うのだが、吉行淳之介についての記憶となると、雑誌で対談をしたことより、また、誰も客のいないクラブで二人だけで飲んだことより、そのまったく同じことが繰り返された二度の経験の方が強く残っているのだ。

いずれにしても、吉行淳之介は三十代後半から四十にかけてが「女」に関して「一番いい」時代だったらしい……。

ところが、最近、吉行淳之介の作品を読み返すという作業を続けているうちに、もしかしたら私は勘違いをしていたのではないかと思うようになった。いまが一番いいだろう、という吉行淳之介の問い掛けを、ほとんど深く考えることもせずに「女」に関するものだと決めつけてしまった。しかし、それはもう少し広いものを指していたのではないかという気がしてきたのだ。「人生」という言葉はあまり吉行淳之介に似つかわしくないが、「女」も「仕事」もすべて含んだ上で、「一番いい」と言っていたのではなかったか。とりわけ『私の文学放浪』を再読、三読するうちに、その思いはますます強くなってきた。

2

『私の文学放浪』は、昭和三十九年の三月から四十年にかけて一年にわたって「東京新聞」に連載された。それは、大正十三年四月生まれの吉行淳之介の、三十九歳から四十歳にかけてということでもある。

この著作は、吉行淳之介の作品の中でも際立《きわだ》った出来であるように私には思える。短編小説としての「寝台《ねだい》の舟」、長編小説としての『暗室』、非小説としての『私の文学放浪』。吉行淳之介の作品から三作を選び出せと言われたら、躊躇《ちゅうちょ》なくそう答えるだろう。

ここで書かれていることは、題名通り、少年時代からの文学的関心の在り所であり、大学時代から始まった同人誌との関わりであり、安岡章太郎や庄野潤三らとのいわゆる文学的青春の始まりと終わりであり、さらに芥川賞受賞後の職業的作家としての歩みである。

もちろん、ここでも重要ないくつかのことは省略されている可能性がある。吉行淳之介と対談したことのある者は誰でも経験することだと思うが、話している途中で「これは余分な話だけど」とか、「これはあとでカットしておいてください」などという言葉をはさみながら話すことが少なくない。対談の流れを損なわないために話しておくが、雑誌に載せるつもりはないとあらかじめ断っておくのだ。そして実際、対談相手からすればとても面白いと思われる話が、ゲラの段階で大胆にカットされてしまうことになる。それはいつまでも編集者としての性癖が抜けないからというより、吉行淳之介にとって最も関心のあることが吉行淳之介を編集することであるからなのだろう。『私の文学放浪』においても、そうした意識が働いているところはさまざまに感じられる。だが、書かれている部分において過不足はない。

ここにはまた、多くの評者からたびたび引用されることになる吉行淳之介の文学観が、極めて平易な言葉で述べられてもいる。

制作に当っては、まず昂揚《こうよう》が必要だ、と私はおもった。その昂揚を一たん絞め殺して、心の底深く埋葬した上で、原稿用紙に向わなくてはいけない。

しかし、『私の文学放浪』の中で私に印象的なのは、断片的に吐露されるこうした文学観ではなく、小説家という職業を選んでしまった人物の感受性と生き方のスタイルである。それは私が、この『私の文学放浪』を、文学についての著作というより、文学という世界に身を置いた男の感受性と生き方のスタイルを述べたものであるという受け取り方をしていることとつながっている。

とりわけその感受性と生き方のスタイルがよく現れていると思えるのは、終わりの少し手前で述べられることになる、宮城《みやぎ》まり子との恋愛にまつわるスキャンダルへの対応の仕方である。

それを単純に言ってしまえば、週刊誌でスキャンダルを暴《あば》かれた作家がその出版社に対して執筆拒否をした、というだけのことでしかない。妻子ある作家がミュージカル・スターと恋愛をした。作家がそれを素材として小説を書くと、その小説をベースとして週刊誌がスキャンダラスな記事を書いてしまった。一般的には、自分で種を蒔《ま》いた災難なのだから週刊誌にどう書かれようと仕方がない、と決めつけられかねないシチュエーションである。ところが、五枚に満たないほどの短い文章に述べられたその出来事の顚末《てんまつ》を読み終えると、「いい気なものだ」と思われても不思議ではない吉行淳之介の、その出処進退の鮮やかさだけが強く印象に残ることになるのだ。

まず、「週刊新潮」の編集者である旧友が困った顔で訪ねてくる。

私の作品を下敷にして、M・Mと私との愛情問題についての記事を書くことになったから、取材にきたという。

吉行淳之介は、あの作品は告白記ではないからと断る。それに対し旧友は、いずれにしても記事は出ていってしまうのだから、誤解のないものにするためにも協力した方がいいと言う。それは友人としての言葉である以上に週刊誌の編集者としての常套《じょうとう》的な台詞《せりふ》である。

もしここで個人のプライバシーという概念を持ち出してきたとしたら、この勝負は吉行淳之介の負けだったろう。いくら自分の小説は事実をそのまま書いたものではないと弁明しようとも、明らかに「種を蒔いた」のは吉行淳之介自身であるからだ。

しかし、この時、吉行淳之介は次のような論理を展開するのだ。それは「エチケット」に反していないだろうか、と。

新潮社と私との関係は、深いものではないが浅くもない、とおもっていた。私が迷惑するのがわかっていることを記事にするのは、エチケットに反しはしまいか。それをあえて記事にするということは、新潮社のハカリに私という作家をかけたときの目盛りの具合を示していることである。

この意見には説得力がある。そこから、苦労して書いていた「小説新潮」の原稿を書くことをやめ、さらにその論理的な帰結として新潮社と全面的に縁を切るというところに発展していく心理的なプロセスはよく理解できる。

また、この出来事を聞きつけ、一緒に新潮社に対する執筆拒否をしようかという友人たちに対しては、これは個人的な問題なのだから、「軽挙妄動しないでくれ」と道化た口調で断る。

ここまでの吉行淳之介の対応は見事なものである。妙な概念を振り回したり、衆を頼んだりせず、ひとりの作家として出版社と対峙《たいじ》している。

だが、その記事は題名を少し変えただけで出ていってしまうことになる。

訂正した題名は記憶していないが、元のものは「スキャンダルの女たち」というもので、女を主人公としたトラブルを四つ（三つだったかもしれない）集めた特集記事であった。それを見て、私ははじめて怒りを感じた。残りの記事は、すべて犯罪に関係のあるものだったからである。

バックナンバーで調べてみると、訂正された特集のタイトルは「愛情と名声の間の女」という訳のわからないもので、吉行淳之介に関する記事は「告白的小説と宮城まり子」と題されて冒頭に出てくる。確かに、他の三人の記事は、恐喝、国外逃亡、汚職といった犯罪がらみのもので、なぜこれらをひとつの特集にまとめなければならなかったかはよくわからない。

そして、その記事を見て初めて怒りを感じたというのは、それまでの冷静な対応を見てきた読者にもっともだと思わせると同時に、あたかもヤクザ映画で主人公が最後に爆発させる憤怒《ふんぬ》に似たカタルシスを味わわせてくれる。

そして、これが読み物としても優れているのは、その冷静な経過報告の最後に、ユーモラスにして切実なこの一文が置かれているからだ。

私自身は、終始かなり平静を保っていたつもりでいたのだが、気が付いてみると、五十円硬貨大の神経性のハゲができていた。

ここには、描写より、実は事を叙《の》べることに長《た》けていた作家としての本領がいかんなく発揮されている。

3

それにしても、自身と自身の過去について語りながら、これほど見事な距離感によって全編が書き通された文章は他にそう多くはないはずだ。これに匹敵するものを挙げるとすれば、やはりその文学的な青春を描いた三島由紀夫の『私の遍歴時代』ということになるだろうか。奇《く》しくも一年前に同じ新聞の同じ欄に連載された『私の遍歴時代』は、吉行淳之介も『私の文学放浪』を書くに際して強く意識したはずの作品である。

しかし、この二つの作品をよく比較してみると、自身との距離の取り方には微妙な違いがある。距離について言えば、吉行淳之介の方がさらに一歩離れているということになるだろうか。

ところが、意外なことに、一歩よけいに離れていながら、自身に執着する気配は吉行淳之介の方がはるかに濃い。それは自己肯定の度合いが三島由紀夫より強いからだと思われる。確かに、『私の文学放浪』には多くの負の挿話が記されているが、最終的には自身を全肯定しているという印象が残るのだ。

その理由は自負と世俗的評価が乖離《かいり》していた時期の長さによっている。吉行淳之介といえども世俗的な評価に対して超然としていたわけではない。才能に対する強烈な自負と世俗的評価との間の乖離に苛立《いらだ》ちを覚えることもあっただろう。吉行淳之介は三島由紀夫ほど素早くその時期を駆け抜けるわけにいかなかったのだ。しかし、三十代の後半に入ると、その自負に世俗的評価が追いついてくるようになった。

まず、「娼婦《しょうふ》の部屋」「寝台の舟」「鳥獣虫魚」などの作品によって短編の名手としての評価が定まった。次に『砂の上の植物群』がひとつの文学的事件になった。作品に対する評価は分かれたにしても、吉行淳之介には、かつて誰によっても書かれたことのない何かが書けたというしたたかな手応《てごた》えがあったはずだ。それが四十代に向かう吉行淳之介の強固な自信となっていった。

吉行淳之介が抱くようになった自信の現れ方のひとつは、たとえば四十歳の時に書かれた「食卓の光景」の冒頭の一節に窺《うかが》える。

食い物の話をしようとおもいます。といって、私はいわゆる食通ではない。しかし、食通風になることを、必要以上に恐れているわけでもない。

ここには、二重三重に張り巡らされた細やかな神経と、それと正反対の図太いまでの自負が露《あらわ》になっている。そして、その自負をこのように表現してしまうというところに、強固になった自信の存在が看《み》て取れるのだ。これは、あたかもこの時期の吉行淳之介のひとつの宣言のようでもある。

きっと吉行淳之介は三十代の後半から四十にかけて「一番いい」と思える時期を過ごしていたのだろう。そしてそれは、単に「女」に関してだけのことではなく、「女」も「仕事」をも含んだ「人生」というものにおいてだったに違いない。

吉行淳之介は、なぜ『私の文学放浪』を書いたのかについて、《四十歳という区切のよい年齢においてこれまでの私の人生を思い返し整理することを、今後の仕事の方向づけとしたり養分としたりしようという虫の良い考えからであった》と述べている。

多分、吉行淳之介は自分の手で吉行淳之介像を確定してみたくなったのだ。しかし、それはこの時期に確かなものとなった自信の存在なしには考えられないことである。

吉行淳之介の自信という時、忘れてならないのは自らの人生に対する腹の据え方が定まったことによって生まれた自信の存在である。

『私の文学放浪』を連載しているさなかに、吉行淳之介は宮城まり子と海外旅行をする。それはのちに『湿った空乾いた空』として文章化されることになるが、そこに次のような一節がある。

もしも、いつまでも私がMの咽喉に刺さっている小骨であったなら、別れ易《やす》かっただろう。しかし、幾年かの間に立場が逆になって、Mが私の咽喉の小骨になった。そうなっては、男として見捨てるわけにはいかない。

そして、これと同じような人生への思い定め方は『私の文学放浪』にもいくつも存在するのだ。

吉行淳之介はこの『私の文学放浪』によって吉行淳之介の像をほぼ確定してしまった。ここで提出された吉行淳之介の像を世の中は受け入れ、また、吉行淳之介自身も以後の作品の中でそれを大きく変えることをしなかった。

自ら造形した像と世間の認知した像とが一致しているという幸せな時代の作品は、『暗室』で行きつくところまで行きつく。ここでは、主人公の「私」はほとんど等身大の吉行淳之介として登場してきている。「私」は吉行淳之介の像に支えられて存在し、やがて距離も関係も意味を失った女との関わりの中に消えていく。

だが、これ以後の吉行淳之介は文学的な「余生」を送っていたかに見える。

もし、吉行淳之介が生きていて、またタクシーでホテルまで送るという状況になったらどうだろう。あるいは、また同じ質問をしてくるかもしれない。その問い掛けは年少の者に対する一種の挨拶《あいさつ》のようなものだったかもしれないからだ。しかし、それにしては、「いまが一番いいだろう」という言葉に籠《こ》もっていた感情には、単なる挨拶以上の生々しいものがあったような気がしてならない。

（一九九八年五月）

天才との出会いと別れ　檀一雄《だんかずお》

1

数年前、檀一雄未亡人のヨソ子さんから一年にわたって話をうかがうという作業を続けたことがある。うかがった内容は、檀一雄について、あるいは檀一雄と共に日々を送ったヨソ子さん自身について、である。その折り、私が発した質問のひとつに、ヨソ子さんは檀一雄の作品の中ではどれが最も好きかというものがあった。答えにくいのは承知の上の質問だったが、ヨソ子さんはしばらく考えてから、「『小説　太宰治』かもしれません」とお答えになった。

私にとってその返事は意外なものだった。私は檀一雄の『小説　太宰治』をさほど高く評価していなかったからだ。まず、『小説　太宰治』というタイトルが好きではないということがあった。これまでノンフィクションを書きつづけてきた私には、『小説＊＊＊』というような、固有名詞に「小説」と冠した、いわゆる実名小説にはろくなものがないという固定観念がある。そうした作品は、事実を追い求めるという困難さに耐え切れず、安易に想像力という名の空想力の世界に逃げ込み、結果としてノンフィクションとしてもフィクションとしても中途半端《はんぱ》なものに終わってしまうものが多かったからだ。しかも、『小説　太宰治』は、檀一雄が太宰治について各所で書き散らした小文の寄せ集めという印象があった。そのため、ヨソ子さんにお会いする前に檀一雄の全作品を読み返した中で、『小説　太宰治』だけは再読していなかったのだ。

しかし、その檀一雄の未亡人で、私が話をお聞きしたいと思っている当の相手が、最も好きな作品のひとつとしてそれを挙げている。私は家に帰って、すぐに『小説　太宰治』を読み返してみた。

読んでみてわかったことのひとつは、それが「各所で書き散らした小文の寄せ集め」などではないということだった。確かに、似た内容を持つ短文は他にいくつも書かれている。だが、その理由は、すでに大事なことはこの『小説　太宰治』の中で書き切ってしまったため、のちに全集の月報や解説で太宰治についての文章を書くよう求められると、どうしても内容が重複せざるを得なかったということだったのだ。なぜそれほどまでして太宰治にまつわる文章を書かなくてはならなかったのか。それについては、太宰治と坂口安吾に関する、まさにそうした短文を集めた『太宰と安吾』の「あとがき」に、こうある。

私はこの二人の異様な魂に親昵《しんじつ》する奇縁を持ち、この二人の事蹟《じせき》に関しては、いかなる問に関しても、私なりの証言を呈すべきだと心に誓ったことがあり、それを絶えず実行に移していたまでだ。

なぜそう「心に誓った」のかについては説明されていないが、檀一雄はそういう思い決め方をする人だった。これはこうあらねばならぬ、あるいは、ここはこうせねばならない、といったん思い決めると、強い意志で自らの行為を貫いていこうとするところが少なくなかった。

そこで、あらためて、予断を持たずに『小説　太宰治』を読んでみると、私が嫌悪《けんお》する「実名小説」とはまったく遠い地点にあるものだということがわかってきた。しかも、ひとつひとつの挿話が信じられないくらい新鮮で刺激的である。かつての私はこの作品のどこを読んでいたのだろう、と自分の読解力を疑わしく思ったほどである。

そこには、太宰治のポートレートとして、常にカヴァー写真に用いられている、左手で頬杖《ほおづえ》をついている憂《うれ》い顔の太宰治ではなく、盛んに警句を発し、大声で笑い、座を盛り上げるために冗談を言う、写真でいうなら、林忠彦《はやしただひこ》がバー「ルパン」で撮ったスツールに両足をのせて談笑している太宰治に近い太宰治が存在している。同時に、文章の中からは、長身で少し猫背の太宰の姿形や独特の言葉づかいまでが伝わってくる。

そしてそれは、確かに太宰治の評伝でもなく、単なる交友記でもない、まさに「小説」としか言いようのないものだったということが理解できてきた。そのときの「小説」は、ノンフィクションとしての徹底性を貫けないから虚構の装置を使うという意味における「小説」ではなかった。なぜなら、檀一雄がここで描こうとしたものは太宰治にまつわる「事実」ではないからだ。檀一雄は、かつて間違いなく存在し、しかし嵐のように過ぎ去り、時を隔ててしまえば幻のようでもあった狂躁《きょうそう》、狂熱の日々を、不可能と知りつつ文章に定着しようとした。

狂躁、狂熱の日々。それを青春の日々と呼んでもいいだろう。さらにそれを「文学的青春」と呼ぶことも可能なはずだ。檀一雄が太宰治との「文学的青春」を語ろうとしたとき、それがすでに鳥の影を摑《つか》まえる以上に難しいことを知っていた。記憶は、二人で過ごした日々から隔てられた「時間」によって、また、二人が歩んでいった地点の「距離」によって微妙に変形されている。しかし、檀一雄はあえてそれを事実という名の修整液を用いて正すことなく、記憶のまま一気呵成《かせい》に書き記そうとした。そのとき、書かれたものはすでに「小説」としか呼びようもないものだったのだ。

もちろん、太宰治との日々を描くことは、檀一雄自身を描くことでもあった。いや、むしろ、『小説 太宰治』は、より多く檀一雄について書かれているといってもよい。その意味では、この『小説 太宰治』は、タイトルを『小説 檀一雄』としてもよい作品であったのだ。

2

あるとき、とてつもなく才能のある人間に出会うとする。もしかしたら、その人物は自分より才能があるかもしれない。そのような場合、相手に対して取り得る態度には二つあるだろう。敬して遠ざけるか、積極的に関わっていくか。

檀一雄が太宰治に初めて会ったとき、態度として取ったのは、相手の才能を認め、積極的に関与していくことだった。

それにしても、二人の出会いの情景は、異様なほどのテンションの高さで貫かれている。いや、正確には「二人の」ではなく、「檀一雄の」である。檀一雄と太宰治が出会った、というより、檀一雄が太宰治に出会ったのだ。

一度目の対面はすれ違い同然だったが、二度目に本格的に出会うと、檀一雄はその日のうちに太宰治の寄宿先の家に押しかけている。それがすべての出発点であり、その後の関わりの象徴的な出来事となった。

家に押しかけた檀一雄は、太宰治に住まいの二階に招き入れられ、酒を勧められる。

「飲まない？」

私は盃《さかずき》を受けた。夫人が、料理にでも立つふうで、階段を降りていった。

「君は――」

と、私はそれでも、一度口ごもって、然《しか》し思い切って、口にした。

「天才ですよ。沢山書いて欲しいな」

太宰は暫時《ざんじ》身もだえるふうだった。しばらくシンと黙っている。やがて、全身を投擲《とうてき》でもするふうに、「書く」

私も照れくさくて、ヤケクソのように飲んだ。

太宰治の家で、檀一雄は太宰治の「天才」を宣言してしまう。そして、それ以後、その「天才」に対して、ほとんど無償の奉仕をするがごとき付き合いをする。——自分に天分があるかどうかはわからない。しかし、天分のある者はわかる。太宰治には紛れもなく天分がある。その彼を世の中に認めさせること。それは同時に自分自身の喜びでもある……。

そのとき、檀一雄は二十一歳である。その二十一歳の青年が、自分と三歳しか違わない人物の書いたものとして、「思ひ出」と「魚服記」を読まされたときの衝撃の深さは、いまの私にも容易に想像できる。それほどの衝撃を与えるには、「思ひ出」だけでも、「魚服記」だけでも充分ではなかったろう。その二つを同時に書いた者としての太宰治に檀一雄は「天才」を認めた。

だが、太宰治にとって檀一雄とは何者だったのか。

太宰治は、『井伏鱒二選集』の「後記」に、井伏鱒二の「青ケ島大概記」の清書を引き受けたときのことについて触れ、こう書いている。

私はそれを一字一字清書しながら、天才を実感して戦慄《せんりつ》した。私のこれまでの生涯に於《お》いて、日本の作家に天才を実感させられたのは、あとにも先にも、たったこの一度だけであった。

太宰治にとって檀一雄は、少なくとも檀一雄における太宰治のような「天才」ではなかった。

だからといって、檀一雄の太宰治への思いは、必ずしも一方通行的なものではなかった。太宰治にも、檀一雄と青春の一時期を過ごしたという意識は間違いなくあったからだ。しかし、檀一雄においては「自分と太宰治」という一対一の関係であったものが、太宰治においては、そこに山岸外史《がいし》という人物を交えた、「自分と檀一雄と山岸外史」という一対多の関係となっており、二人の間には微妙な意識の差が存在したことも事実である。

太宰治の「東京八景」の中に次の一文がある。

そのころ、或《あ》る学友から、同人雑誌を出さぬかという相談を受けた。私は、半ばは、いい加減であった。「青い花」という名前だったら、やってもいいと答えた。冗談から駒《こま》が出た。諸方から同志が名乗って出たのである。その中の二人と、私は急激に親しくなった。私は謂《い》わば青春の最後の情熱を、そこで燃やした。死ぬる前夜の乱舞である。共に酔って、低能の学生たちを殴打《おうだ》した。穢《けが》れた女たちを肉親のように愛した。Hの箪笥《たんす》は、Hの知らぬ間に、からっぽになっていた。純文芸冊子「青い花」は、そのとしの十二月に出来た。たった一冊出て仲間は四散した。目的の無い異様な熱狂に呆《あき》れたのである。あとには、私たち三人だけが残った。三馬鹿《ばか》と言われた。けれども此《こ》の三人は生涯の友人であった。私には、二人に教えられたものが多く在る。

この「三人」とは、言うまでもなく檀一雄と山岸外史だが、ここに書かれているような三人の関係は、山岸外史の『人間太宰治』にも別の角度から記されている。

この時代のぼくたちは（檀君をも含めてのことだが）芸術を狂信していたといってもいいようである。そこに絶対をみていたと思う。その意味では狂信的《ファナティック》であったといっていい。そこに全身をかけていた。そんなことを常軌を逸していたことだといえばいえることかも知れないが、どうも軌道のうえを歩いてゆくことは退屈だったし、真実は世間の基準のなかにあるとは思えなかった。

檀一雄の『小説　太宰治』には、そうした「常軌を逸した」日々についての断片がいくつも書き留められている。しかし、それは芸術に対する「狂信」というだけが原因ではなかったろう。

太宰治の、磁石のプラス極に向かおうとしてどうしてもマイナス極に向かってしまうかのような不思議な性向と、檀一雄の、出口の見つからないアナキーなエネルギーとが共鳴しあい、二人は螺旋《らせん》階段を転げ落ちるように下降していったのだ。

学生でありながら学校には行かず、友人や先輩から金を借り、酒を飲み、女を買い、妻や妹の着物を質屋に入れてはまた酒を飲み、女を買う。『太宰と安吾』に収められた「太宰治の人と作品」の中で檀一雄が書いている。

私達の交遊は、熱狂的であればある程、お互いの悪徳を助長し合うような結果におち入り、私も破滅に瀕《ひん》しましたが、太宰治はまた鎌倉で自殺未遂に終わったりしています。いや、私達二人で、酔ってガス管の口を開いたこともあります。

青春が豪奢《ごうしゃ》な無駄であるとするならば、これほど青春らしい青春もなかったといえるだろう。

3

この檀一雄の『小説 太宰治』は、太宰治との最初の出会いから筆が起こされているが、それ以後のことは必ずしも時系列に従って順序よく書かれてはいない。そこで、ここに書かれている挿話を、檀一雄と太宰治の年譜を参考にして整理してみると次のようになる。

昭和八年（檀、二十一―二十二歳）
檀、太宰と初めて会う
檀、二度目に会った太宰に「天才」を宣言する
昭和九年（二十二―二十三歳）
檀と古谷綱武《ふるやつなたけ》が中心の同人誌「鷭《ばん》」に太宰作品を掲載する
檀、太宰らと同人誌「青い花」を創刊
檀と太宰との交遊が深まる
昭和十年（二十三―二十四歳）

太宰、都新聞入社に失敗
檀や太宰の「青い花」が保田《やすだ》與重郎《よじゅうろう》らの「日本浪曼派《にほんろうまんは》」に合流
檀、失踪《しっそう》した太宰の捜索をする
太宰、第一回の芥川賞に候補となるも落選
檀、太宰らと湯河原旅行
檀、太宰の『晩年』の刊行に尽力する
昭和十一年（二十三―二十四歳）
檀、第二回芥川賞の候補になるが当選作なし
太宰、パビナール中毒治療のため入院
太宰、『晩年』刊行
檀、満州旅行
檀のいわゆる「熱海事件」
昭和十二年（二十四―二十五歳）
檀、性病に罹《かか》る
太宰の水上心中未遂事件
「青春五月党」

檀、『花筐《はなかたみ》』出版

檀、出征

（交遊の途絶）

昭和十六年（二十八－二十九歳）

檀、三鷹の太宰邸で再会

昭和十七年（二十九－三十歳）

檀、満州を引き上げ、結婚

檀の歓迎会と山岸宅での一夜

昭和十八年（三十－三十一歳）

太宰、檀を「鉄面皮」と書く

「ユダヤ人実朝《さねとも》」事件

このように整理してみると、檀一雄は『小説　太宰治』で、年代について二つ大きな勘違いをしていることに気づく。ひとつは湯河原旅行であり、もうひとつは「ユダヤ人実朝」事件である。

湯河原旅行は、『小説　太宰治』の中では、太宰治の『虚構の彷徨《ほうこう》』の印税を使い、太宰治と山岸外史との三人で行ったかのように書かれている。もし、そうであるなら、旅行をしたのは『虚構の彷徨』が新潮社から刊行された昭和十二年の六月以降ということになる。しかし、実際は、昭和十年の九月、太宰治が「文藝春秋」に発表した「ダス・ゲマイネ」の原稿料を使ってのことだった。

また、「日本浪曼派」の同人たちが、太宰治の『右大臣実朝』を「ユダヤ人実朝」と呼んで笑った、という「事件」は、檀一雄が書いている昭和十七年ではなく、十八年の出来事である。

このうち、「ユダヤ人実朝」事件は単なる年代の勘違いだが、湯河原旅行については、その扱いの小ささすぎるのが、年代の勘違い以上に印象的である。

山岸外史の『人間太宰治』を読むと、この旅行は『小説　太宰治』に記されているどの挿話にも劣らぬほど興味深い細部に満ちている。にもかかわらず、檀一雄は年代を間違えているだけでなく、その旅行についての記述をほんの数行で済ませてしまっている。それは、檀一雄の言う「熱海事件」に多くのページ数を割いているのと極めて対照的である。

太宰治と檀一雄と山岸外史、それに太宰治の遠縁にあたる小館善四郎《こだてぜんしろう》の四人が、湯河原の旅館に泊まる。彼らはその夜、女中の忠告を無視して、土地の芸者を呼ぶことにする。しかし、やってきた若い二人は三味線ひとつ弾けず、かといって愛嬌《あいきょう》があるというわけでもない泥臭い田舎芸者にすぎなかった。座は白け、みんながむっつりとする中で、檀一雄ひとりが芸者たちの相手を必死でつとめる。そばに呼び寄せ、童話まで話してやる。

一時間半後、芸者たちを帰すことになると、檀一雄は彼女たちにねぎらいの言葉を送る。

「どうもありがとう。ほんとにご苦労さんでした」

すると、横になっていた太宰治が起き直って言う。

「いや、これでよかった」

それを聞いて、檀一雄が激昂《げっこう》する。

それは憤怒《ふんぬ》というのに近い激情だった。

「太宰。貴様、生意気だぞ。これでよかったとは、なんていう言い分だ。おれのいままでの苦労がわからんのか」

檀君は、とうとう爆発したのである。畳のうえに仁王立ちになって蒼《あお》くなった。背のたかい檀君の毛脛《けずね》が短い褞袍《どてら》の下から二本みえていた。しかし、太宰は床の間

を背に胡坐《あぐら》をかいたまま、

「なにも好きこのんでサービスすることなんてないんだ。君は勝手にやっていたんじゃないのかね」

不承不承にそういった。

この言葉に堪忍袋《かんにんぶくろ》の緒を切った檀一雄は、夜更《よふ》けであるにもかかわらず、東京に帰ると言い残すと部屋を出て行ってしまう。仕方なくその後を追った山岸外史と小館善四郎は、なんとか帰るのを思い止《とど》まらせようとする。

どんな説得にも応じなかった檀一雄は、しかし山岸外史の次の言葉で立ち止まる。

「ヒューマニズムがありすぎたんだネ、君には」

そしてさらに、「サービスとヒューマニズムとはちがうからね」という山岸外史の言葉を聞くと、檀一雄は「それがわかってくれますか」と言って部屋に戻ることを同意した、という。

それから、飲みなおすことになって、すこしばかりやってから風呂《ふろ》にはいった。

「いかにもヒドイ芸者だったネェ」

ひろい湯槽のなかで太宰がいった。

「ぼくも疲れていなければサービスするんだけど、今夜だけは駄目でしたよ」

檀君が、その言葉を聞くと「太宰、サービスという言葉はやめろよ」といい、小館君が周章《あわ》てて「太宰、それはヒューマニズムなんだよ」といい、それがおかしくて、檀君まで笑った。太宰はひとりぶつぶついっていた。

これが山岸外史が描くところの湯河原旅行の第一幕だ。それからさらに第二幕、第三幕へと続くのだが、檀一雄はそのすべてについてまったく書こうとしなかった。

檀一雄が湯河原旅行より「熱海事件」を重視したのは、友人を借金のカタに残しておきながらそのまま何日も放置し、困惑した友人が付け馬を連れて戻ってくると吐き捨てる、その太宰治の「捨て台詞《ぜりふ》」をどうしても記しておきたかったからだろう。

「待つ身が辛《つら》いかね、待たせる身が辛いかね」

確かに、この台詞は太宰治の「捨て台詞」としてほとんど完璧《かんぺき》である。追い詰められた鼠《ねずみ》が猫に反撃するような言葉の中に太宰治の本質が見え隠れしている。しかし、それ以上に、その言葉は檀一雄の胸に深く突き刺さる言葉だったのだろう。そういう「捨て台詞」を吐かせてしまうような行為をしてしまった、という奇妙な罪悪感が檀一雄にはあったらしいのだ。

一方、湯河原旅行には幸せな青年たちの素朴な冒険譚《たん》しか存在していないように見える。少なくとも、「熱海事件」ほどには陰影の濃さがない。多分、檀一雄は、ここには太宰治は現れていないと考えたのだ。しかし、「サービス」と「ヒューマニズム」という言葉をめぐっての檀一雄と太宰治との応酬は、二人を物語って、とりわけ檀一雄を語って鮮やかである。もし、これが『小説　檀一雄』であるなら、決して落としてはならない挿話であったろう。

4

やがて、檀一雄に太宰治との訣別《けつべつ》のときが来る。

ようやく私は太宰と私との生命の分岐路を自覚した。私は生者の側に立つ。生命の建立《こんりゅう》の様相を自分流に見守り、育《はぐ》くんでゆくばかりだ。私は太宰と別れて、玉川上水の畔《ほと》りを闇《やみ》に光る水のキラキラを見つめながら、歩いていった。

だが、太宰治との訣別のときは、檀一雄が『小説　太宰治』の中でこのように書いている、満州から帰ってきた直後のことではなかった。

檀一雄と太宰治との最初の大きな乖離《かいり》は、檀一雄の出征という外的な力によってもたらされる。しかし、そのとき檀一雄に赤紙が届かなかったとしても、いずれ太宰治の留まる地点からの離脱ということは避けがたく起こったはずのものだった。

なぜなら、檀一雄にはアナキーではあったが根源的な健康さがあった。その象徴的なものは、太宰治の「妄念」を振り払おうとするかのような「必死の散策」について触れた、次のような述懐に現れている。妄念を薙《な》ぎ払う最上の方法は、と檀一雄は自問し、こう答える。

云《い》おうか。泳ぐに限るのである。自然に抱かれた湖沼の畔りになるべく居を定めて、この気分に紛れそうな時には、服を着た儘《まま》でも、何でもよろしい、泳ぎこむのである。ブカリと身を投げ出して、空を仰ぐ。すると天然の快癒《かいゆ》と是正が静かに捲《ま》き起ってくるだろう。

これなど、三島由紀夫の《太宰のもっていた性格的欠陥は、少くともその半分が、冷水摩擦や器械体操や規則的な生活で治される筈《はず》だった》(『小説家の休暇』)という意見に似ていなくもないが、泳ぐに限るという檀一雄の意見の方が、自身の自然な欲求に裏打ちされているだけはるかに本質的な深さを備えている。だが、太宰治に檀一雄が言うようなことが難なくできるくらいなら、そもそも太宰治の文学そのものが存在しえなかったろう。「妄念」とそれを振り払おうとするかのような「必死の散策」の果てにしか生まれない文学も、間違いなくあるのだ。

ここに檀一雄の太宰治との決定的な違いがあった。もしかしたら、その違いをもたらした主因は、太宰治の側にあったのではなく、文学世界への闖入者《ちんにゅうしゃ》としての檀一雄の側にあったのかもしれない。

最初の理解者ともいうべき古谷綱武との出会いについて述べた文章の後で、檀一雄は次のような感懐を記している。

私は、唐突に、あやしい——魅惑的な——文芸という世界の中に、引きさらわれてゆく自分自身を感じた。

譬《たと》えば、昨日迄《まで》林の間を、自在に歩き廻っていた豹《ひょう》が、一羽の美しい囮《おとり》によって、人工の、華麗に植林された、動物園の中に、誘いこまれてゆくようなものであった。

（『青春放浪』）

檀一雄が自らの青春時代を述べた文章を読むと、不幸にも詩の魂を持ってしまった肉体の人が、引き裂かれた身と心を持て余し、何をどうしてよいかわからないままのたうちまわっている、というような痛ましさを覚えることがある。

何かこう、自分の身を八裂きにして、駈《か》け廻ってでもいなければ、片時もいられないような気ばかりした。（『青春放浪』）

この持て余していた生への横溢《おういつ》したエネルギーを「移動」に向けたとき、檀一雄にまったく新しい展望が開けてくる。

最初の移動は、その報《しら》せを受けて、「生涯であの時ほど、ほっとしたことはない」という召集だった。これによって、狂躁、狂熱の日々に終止符が打たれ、軍隊生活の中で、「長年見失っていた自分の心身を、ようやく、自分の手にたぐりとれた」と信じることができるようになる。そして、その三年の軍務を終え、さらに自ら望んで満州に旅立ったとき、檀一雄は終生のテーマとなる「放浪」と遭遇する。

ようやく見出《みいだ》した自分の生命を、まぎれなくもちたえて、さらに北方の風土の中で鍛冶《たんや》して見たかった。最も簡明な保身の道だと思ったのである。(『青春放浪』)

こうした放浪の欲求をなぜ抱くのか。故郷喪失と言い、あるいは天然の旅情と自ら言ってみたりもする。しかし、どのような言葉でも収まり切れない激しい「移動」への希求が、檀一雄を追い立てるように旅立たせる。

なぜ?

この「なぜ」を追い求めることが、檀一雄の文学の方向を決定していく。そしてなにより、檀一雄が彼の「放浪」と遭遇したとき、太宰治との訣別は意識されないままに済まされていたのだ。

5

太宰治の死に際して、檀一雄はもはや述べるべき言葉を持っていなかった。あったとすれば、かつて青春の一時期を共に過ごしたという思い出についてだけである。

だから、玉川上水から死体が上がっても駆けつけず、ただ一編の詩を書くことにした。

その「さみだれ挽歌《ばんか》」の中で、私に響いてくる詩句があるとすれば、かつての狂躁、狂熱の日々を描いた「酒あほりいのちをあほり」という一句と、そこからの離脱を述べた「旅を行き旅に逐《お》はれて」という一句である。

檀一雄は「旅を行き旅に逐はれ」ることで「酒あほりいのちをあほり」という地点からの脱出が可能だった。一方、太宰治は「酒あほりいのちをあほり」つづけることで自死の道を突き進んだ。

しかし、檀一雄もまた「旅を行き旅に逐はれ」る日々を続けることで、自らのテーマを追い求め、やがてその果てに斃《たお》れる日を迎えることになる。

もちろん、それはまた、もうひとつの物語である。

だが、生き延びた檀一雄が、死んでしまった太宰治に、それも幾多の傑作を残して死んでしまった太宰治に、微妙な感情を抱いていなかったはずはない。

太宰治の担当編集者であり、同時に坂口安吾や檀一雄の編集者でもあった野原一夫《のはらかずお》が、『人間檀一雄』の中に書き留めているひとつの情景の中に、その感情がどのようなものだったか窺《うかが》うことができる。

ある夜、新宿のバーで、野原一夫は檀一雄と飲んでいたのだという。そこには、戦後の檀一雄の実質的なデビュー作となる「終りの火」の担当編集者T・Yも同席していた。野原一夫によれば、T・Yは誠実なよい男だったが酒癖があまりよくなかったという。

そのときT・Y君はかなり酔っていた。太宰治の作品でなにが最高の傑作かが話題になっていたと思うのだが、そのうち、目がとろんとしてきて、ほとんどろれつがまわらなくなってきたT・Y君が、

「檀一雄なんて、太宰治に、比べれば、下《げ》の作家だ。」

檀さんは一瞬顔をこわばらせた。目のふちに赤みがさし、唇をつき出してなにか言いたそうにしたが、すぐに口元を引き結び、コップのビールを一気に呷《あお》った。そしていくぶんおどけながら話題を変えようとしたのだが、T・Y君はしつっこかった。

「つまりは、天分のちがいと、いうことさ。」

いきなり檀さんは立ち上った。手にしていたコップを砕け散るほどに固く握りしめ、叩《たた》きつけるような怒声をT・Y君の頭上に浴びせた。

「きさま、帰れ！」

すんでのところで檀さんはT・Y君を殴っていただろう。酒呑《の》みに対しては寛容で、腹立たしいことがあっても笑いにまぎらわしていた檀さんが、このときほどに激昂するのを見たことは、私にはない。

ここに垣間見《かいまみ》ることのできる檀一雄の怒りと悲しみの淵源《えんげん》は、「自らの文芸を完遂するため」に本当に死んでしまった太宰治に対する、「追いつけない」という悔恨にも似た思いではなかったかという気がする。

そしてその思いは、もしかしたら、のちに『火宅の人』を生み出す最初の一蹴《け》りとなる、檀一雄の、いわゆる「こと」を起こすときの重要な起爆剤になったものであったかもしれない。

檀一雄が、その「こと」を起こしたのは、太宰治の死の八年後、津軽半島に建立された「太宰治文学碑」の除幕式に参列した旅先でのことだった。

その時、檀一雄はひとりの若い新劇女優を伴っていた。

（二〇〇〇年二月）

虚空《こくう》への投擲《とうてき》　小林秀雄《こばやしひでお》

1

小林秀雄の文章には、香具師《やし》の啖呵《たんか》のようなところがあり、眼で読んだだけのはずなのに、いつまでも耳に残っているようなものが少なくない。「様々なる意匠」にも、「Xへの手紙」にも、「ドストエフスキイの生活」にも、「モオツァルト」にも、「ゴッホの手紙」にも、そうした文章はある。

しかし、私が小林秀雄という人物について考えるとき、まず思い浮かべるのは、「スポーツ」と題された短いエッセイの、冒頭の部分である。

《私は、学生のころから、スポーツが好きだった。身体の出来が貧弱だったから、スポーツ選手にはなれず、愚連隊の方に傾き、いつの間にか、文士なぞになってしまったが、好きなことは今でも変らない。先年も、里見弴《さとみとん》氏の還暦のお祝いに野球大会があったが、野球と聞くと、ノコノコ出かけて行く。三十年もボールを手にしたことがないなど、念頭にないのである。石川達三《いしかわたつぞう》がヘロヘロ球を投げる。大体、ストライクもボールも選ぶ値打ちのあるような球ではなし、打てばいいんだろ、と第一球から、つづいて三度振回したが、球にかすりもしない。見ていた奴《やつ》が、バットとボールとが一尺は違っていたと言った。その他、なにやかや、つまらぬことばかりやって、珍プレー賞と書いたウィスキーをもらった。こんなことを今いっても、だれも信用しそうもないが、三十年前には、巨人の水原監督と一緒に、第一回都市対抗戦で、神奈川県代表の鎌倉軍に参加し、台湾代表の台北軍と、神宮球場で戦ったこともある。なさけない次第である》

照れながら、滑稽《こっけい》さを装《よそお》いながら、自らのスポーツ体験をどこかで自慢したいという稚気のようなものがほの見える。たぶん、このようなところに、批評の世界で神格化される以前の小林秀雄がいるのだろう。いや、こういう稚気の存在が神格化される際の不可欠の要素だったかもしれない。

友人だった石丸重治《いしまるじゅうじ》の回想に「小林秀雄は割合に運動が上手で」という言葉がある。もしこれを「割合に」という部分に重点を置いて理解すれば、小林秀雄には必ずしも抜群の運動能力があったわけではないということになる。だが、小林秀雄には自身の運動能力、ないしは体力というものに対する強い自信があったように思われる。もしかしたら、批評における香具師の啖呵に似た断定的な口調を支えたのは、案外にそうした肉体的なものにおける自信だったのではないかという気がする。

実は、これとほとんど同じトーンの文章が、同じ東京育ちの文士である吉行淳之介の、「桜の花がきれいだよ」というエッセイの中にもある。

《車の運転をはじめてから、十二年経《た》つ。およそ運動神経と無縁な人間とおもわれているらしく、私の動かしている車に乗っているくせに、「信じられない」と言う人物が多い。旧制高校のときには、卓球部に入って、一年生のときレギュラーになった。東日本インターハイで団体優勝をしたとき、ウイニング・ボールのスマッシュをきめた選手は、私である》

どちらにも、都会で育った者に独特の、ソフィスティケートされた自意識とでもいえるようなものの存在がうかがえ、逆にその部分に他の文章には見られない人間味が感じられもする。もちろん、これを単に都会的と言ってしまうと、関西的な都会人の視点からは妙に幼く感じられるかもしれず、そうだとすると、これはやはり「東京に育った者に独特の」というくらいに止《とど》めておくべき性質のものなのかもしれない。

ところで、小林秀雄にとって「好きだった」というスポーツはどのような意味を持つものだったのか。

小林秀雄にとってスポーツは、まずなにより「する」ものとして存在していた。

若いころに野球があったことは「スポーツ」の中で述べられているが、まず中学時代に登山が現れたことが「山」というエッセイに記され、友人と三人で雲取山《くもとりやま》に行き、あやうく遭難しかけたことが書き留められている。さらに、当時としてはかなり早かったと思われるスキーが登場する。「カヤの平」というエッセイでは、ビギナーの時期に苛酷《かこく》な山スキーに参加し、その帰途、行方不明者として捜索されてしまった失敗談が書かれている。そうした「する」ものとしてのスポーツに対する関心は、やがてゴルフに集中していくようになるが、それについては「ゴルフ随筆」などに面白おかしく書かれることになる。

これらのエッセイで扱われているスポーツは、「好きだった」という以上のものではない。それらの文章には、スポーツの先達や同行者としての深田久弥《ふかたきゅうや》や今日出海《こんひでみ》などが出てくるが、特に文学的な意味のあるものではなく、一種の冒険譚《たん》や滑稽譚の域を出ることはない。「する」ものとしてのスポーツを通して、文学的な何かに到達したり、把握したりという気配はうかがえないのだ。

だが、小林秀雄は、「する」ものとしてのスポーツに関する文章だけでなく、「見る」ものとしてのスポーツに関する文章もいくつか残している。「スポーツ」の中に

《スポーツを見世物と見做《みな》して昂奮《こうふん》しているファンというもののかもし出す空気は、私はあんまり好きではない》という一節があるが、「見る」ものとしてのスポーツについて書かれた文章の方に、文筆家としての小林秀雄の関心に重なる、より深い省察がちりばめられているように私には思える。

2

スポーツを「見る者」としての小林秀雄が残している文章の多くはオリンピックに関してのものであり、それは当然のことながら映像を通してのものということになる。オリンピックの映像、それは映画とテレビということになるが、特徴的なのはそこで言及されているのが常に陸上競技だということである。

昭和十五年、小林秀雄は「オリムピア」というエッセイを書いている。ベルリン大会を描いたレニ・リーフェンシュタールの映画『オリンピア』を見てのものだ。《砲丸投げの選手が、左手を挙げ、右手に握った冷い黒い鉄の丸《たま》を、しきりに首根っこに擦《こす》りつけている。鉄の丸を枕《まくら》に寝附こうとする人間が、鉄の丸ではどうにも具合が悪く、全精神を傾けて、枕の位置を修整している、鉄の丸の硬い冷い表面と、首の筋肉の柔らかい暖い肌とが、ぴったりと合って、不安定な頭が、一瞬の安定を得た時を狙《ねら》って、彼はぐっすり眠るであろう、いや、咄嗟《とっさ》にこの選手は丸を投げねばならぬ。どちらでもよい、兎《と》も角《かく》彼は苦しい状態から今に解放されるのだ。解放される一瞬を狙ってもがいている》

さらにそれからほぼ十年後の昭和二十四年、「私の人生観」の中で、昭和二十三年開催のロンドン大会を撮った記録映画について触れ、次のように述べている。

《カメラを意識して愛嬌《あいきょう》笑いをしている女流選手の顔が、砲丸を肩に乗せて構えると、突如として聖者の様な顔に変ります。（中略）この映画の初めに、私達は戦う、併《しか》し征服はしない、という文句が出て来たが、その真意を理解したのは選手達だけでしょう。選手は、自分の砲丸と戦う、自分の肉体と戦う、自分の邪念と戦う、そして遂《つい》に征服する、自己を。かような事を選手に教えたものは言葉ではない。凡《およ》そ組織化を許されぬ砲丸を投げるという手仕事である、芸であります。見物人の顔も大きく映し出されるが、これは選手の顔と異様な対照を現す。そこに雑然と映し出されるものは、不安や落胆や期待や昂奮の表情です。投げるべき砲丸を持たぬばかりに、人間はこのくらい醜い顔を作らねばならぬか。彼等は征服すべき自己を持たぬ動物である。座席に縛りつけられた彼等は言うだろう、私達は戦う、併し征服はしない、と。私は彼等に言おう、砲丸が見付からぬ限り、やがて君達は他人を征服しに出掛けるだろう、と。又、戦争が起る様な事があるなら、見物人の側から起るでしょう。選手にはそんな暇はない》

そして、その十五年後の昭和三十九年、東京大会のテレビ中継について触れた「オリンピックのテレビ」という短文の中では、次のように書いている。

《或《あ》る外国の女子選手が、これから円盤を投げるところだ。彼女の顔が大きく映る。しきりに円盤に唾《つば》を付けている。この緊張した表情と切迫した動作は、一体何を語るのか。どんな心理、どんな感情の表現なのか。空《むな》しく言葉を求めていると、解説者の声が聞えて来る。口の中はカラカラなんですよ、唾なんか出やしないんですよ――私は、突然、異様な感動を受けた。解説者の声というような意識は、私には全くなかったからだ。ブラウン管上の映像が口を利《き》いたと感じたからである。私は全身が視覚となるのを感じた》

ここで印象的なのは小林秀雄が取り上げている種目である。「オリムピア」では、引用した一節にある砲丸投げ以外には槍《やり》投げが取り上げられている。つまり、小林秀雄が取り上げているのは、「オリンピックのテレビ」でわずかに触れられている依田郁子の八十メートルハードルを除くと、砲丸投げ、槍投げ、円盤投げとすべて投擲《とうてき》種目なのである。

日本選手が出場できなかったロンドン大会は別にしても、三段跳びの田島直人や長距離の村社《むらこそ》講平などの日本選手が多く映し出されており、ジェシー・オーウェンスの出ていた百メートルや孫基禎《そんきてい》が優勝したマラソンがあったレニ・リーフェンシュタールの『オリンピア』では、投擲以外にも陸上競技に印象的なシーンはいくつもあったはずだし、東京大会についても、長時間のテレビ放送の中に、他にもっと印象的な競技や種目はあったに違いない。

なぜ投擲種目だったのか。

陸上競技の中でも、アスリートが自ら走ったり跳んだりする種目ではなく、何かを投げるという種目に対する強い関心は、単なる偶然という以上のものがあるように思われる。

3

だが、この「オリムピア」と「私の人生観」と「オリンピックのテレビ」の三つの文章を時代順に読み進めていくと、同じ投擲種目について書きながら、小林秀雄の眼の位置が微妙に変化していることがわかってくる。最初の「オリムピア」では投擲直前の選手の体の一部と砲丸や槍のクローズアップだったものが、次の「私の人生観」では投擲する瞬間を含めた全身像が描かれることになり、さらに「オリンピックのテレビ」ではフィールドの外から競技の全体を眺め渡しているという印象の文章に変化していく。つまり、対象に寄っていたレンズが徐々に引きながら俯瞰《ふかん》していくというようになっているのだ。それは、小林秀雄の投擲種目に対する関心の在り方の変化をあらわしているように思える。

まず、小林秀雄における投擲種目がどのようなものだったか。それを理解するための接線となるような文章が「オリムピア」の中にある。

《併し、考えてみると、僕等が投げるものは鉄の丸《たま》だとか槍だとかに限らない。思想でも知識でも、鉄の丸の様に投げねばならぬ。そして、それには首根っこに擦りつけて呼吸を計る必要があるだろう。単なる比喩《ひゆ》ではない。かくかくと定義され、かくかくと概念化され、厳密に理論付けられた思想や知識は、僕等の悟性にとっては、実に便利な満足すべきものだろうが、僕等の肉体にとってはまさに鉄の丸だ。鉄の丸の様に硬く冷く重く、肉体は、これをどう扱おうかと悶《もだ》えるだろう、若《も》し本物の選手の肉体ならば。無論、初めから選手などにならないでいる事は出来る。思想や知識の重さを掌で積ってみる様な愚を演じないでいる事は出来る。僕等の肉体は、僕等に極めて親しいが又極めて遠いのだ。思想や知識を、全く肉体から絶縁させて置く事は出来る。大変易しい仕事である》

このすぐあとに、小林秀雄は「ありの儘《まま》の言葉を提げて立っている」詩人こそが「言葉の選手」となるという、詩人への賛仰《さんぎょう》に近い思いを表白することになる。詩人の言葉こそが「鉄の丸」だと。

ここには、自分の投げるべき「鉄の丸」について思い煩《わずら》っている三十八歳の小林秀雄がいる。

投擲の選手が投げる。その行為のいかにシンプルで確かであることか。彼らの手の内にあるものは「砲丸」であり、「槍」であり、「円盤」という確かなものである。それに比べたとき、自分が手にしているもののいかに曖昧《あいまい》で脆弱《ぜいじゃく》であることか。

恐らく、小林秀雄は投擲選手の砲丸や槍や円盤のようなシンプルで確かなものを手にしたかったのだ。しかし、批評という「ヤクザ」な世界ではそのようなものを手にすることはできない。自分には詩人の言葉のような「鉄の丸」が存在しない……。

ところが、稀《まれ》に「芸術」という同じ「ヤクザ」な世界で、奇跡のように投げるべき砲丸や槍や円盤を手にしてしまう人がいる。それを天才という。ランボー、ドストエフスキー、モーツァルト、ゴッホ……。小林秀雄にはそうした「奇跡の人」へのほとんど憧憬《しょうけい》に近いものが根底にあるような気がする。彼らが投げようとした砲丸や槍や円盤を見いだし、彼らがそれらをどのように首根っこにこすりつけ、呼吸を計り、いかに投擲したか。もちろん、陸上競技のように投げられたものの距離が測られ、記録として残るということはないにしても、つまり投げられたまま虚空《こくう》に消えてしまうにしても、彼らの砲丸や槍や円盤が空に描く軌跡だけは幻視することができる。

しかし、やがて、小林秀雄はそうした天才たちのそうした投擲を描いているうちに、「鉄の丸」が自らの手の内に入っていることに気がつく。いや、その「鉄の丸」を自分が投擲していることを発見し、そのことに自信を抱くようになる。それが四十七歳のときに書かれた「私の人生観」における《投げるべき砲丸を持たぬばかりに、人間はこのくらい醜い顔を作らねばならぬか》という言葉になるのだ。この言葉は、当然のことながら小林秀雄自身が投げるべき砲丸を持っていることを前提としている。

小林秀雄が描いた人たちは、私にはすべて虚空への砲丸や槍や円盤の投擲者に見える。そして、小林秀雄もまた同じような投擲者であったように思える。つまり、その天才たちが小林秀雄の砲丸であり槍であり円盤であったと。

レニ・リーフェンシュタールの映画に触発された「オリムピア」の小林秀雄には、

それらのものを確実に握りたいというかすかな焦燥が透けて見えるようなところがある。だが、東京大会に触れて書かれた「オリンピックのテレビ」では、すでにその焦燥はなく、解説者の言葉に耳を傾けつつ、ただスポーツを「見る者」になっている。それもある意味で当然のことなのであろう。そのとき、小林秀雄は六十二歳になっていた。ここには、「虚空への投擲者」であることをやめて久しい小林秀雄が存在している。

そういえば、「本居宣長」の連載が始まるのはこの文章が書かれた翌年からである。そこにおける本居宣長は、すでに砲丸や槍や円盤としての天才ではなくなっているのだ。

（二〇〇二年七月）

乱調と諧調《かいちょう》と　瀬戸内寂聴《せとうちじゃくちょう》

1

瀬戸内寂聴の小説世界には四つの大きな山塊がある。ひとつは『夏の終り』から『場所』へと至る自伝的な私小説。ひとつは『女徳』や『京まんだら』に代表される実在の人物をモデルとした一代記的な小説。そして、『田村俊子』や『かの子撩乱《りょうらん》』など歴史的な人物を取り上げた伝記小説。さらには、現代語訳『源氏物語』や『白道《びゃくどう》』のような古典の現代語訳やその作者に材を取った小説。

その中で、私は第三の作品群である伝記小説については、『余白の春』を除いてほとんど読んでこなかった。

主としてノンフィクションを書いてきた私にとって、小説家の書く伝記小説というものがなんとなく読みにくかったからである。この部分はいったいどのような資料にもとづいて書かれているのだろう。この会話は誰のどんな証言によって構成されているのだろう。そんなことが気になって、読むことを心から楽しめないのだ。

しかし、今回、しばらく絶版状態だった『美は乱調にあり』が復刊されるのを機に、あらためて読んでみてはどうかと勧められ、初めて読むことになった。正直に言えば、どこか恐る恐るという感じを抱きながら、である。

瀬戸内寂聴の『美は乱調にあり』が伊藤野枝《のえ》について書かれたものだということは知っていた。そして、その伊藤野枝がアナキストの大杉栄《おおすぎさかえ》の妻であり、大正十二年九月の関東大震災の直後、二十八歳の若さで夫と共に憲兵大尉《たいい》である甘粕正彦《あまかすまさひこ》らによって殺された女性だということも知っていた。

しかし、瀬戸内寂聴が『美は乱調にあり』を雑誌「文藝春秋」に連載しはじめたのは昭和四十年のことである。すでにそのときでさえ伊藤野枝の早すぎる死から半世紀近い年月が経《た》っている。資料といってもあまり多くは残されていなかったに違いない。そのような女性の伝記をどのように書けばよいのか。私なら途方に暮れていたかもしれない。

だが、そんなことを思いながら読みはじめた私は、冒頭の第一章で、いきなり強い衝撃を受けることになった。書かれていた内容が驚くほど生き生きしていたからだ。

もっとも、私が手にすることのできたテキストでは、本文が明確に第一章、第二章という具合に章立てされているわけではない。単に「＊」印で区分けされているだけである。しかし、もしその最初の部分を第一章とすれば、そこで瀬戸内寂聴は伊藤野枝の故郷である福岡を訪れたときのことを紀行的なスタイルで書いていたのだ。

瀬戸内寂聴は地元の新聞記者を案内人として、伊藤野枝の類縁の人たちに次々と会っていく。

まず、伊藤野枝が大杉栄との間にもうけた最初の子供であり、大杉が最も愛していたと言われる長女の魔子に会う。だが、幼い頃に両親と死別している彼女にそう多くの重要な記憶が残っているはずもない。しかし、その魔子が、野枝の叔母にあたるキチという女性に引き会わせてくれるところから、その取材行が不意に躍動しはじめる。キチは、野枝の父親の妹に当たるだけでなく、代準介《だいじゅんすけ》という人物と結婚してからは、幼い野枝を引き取り、女学校にまで通わせた縁の深い人だったのだ。しかも、そのキチが、老齢にもかかわらず、野枝の思い出を言葉ゆたかに語ってくれることになる。

《野枝のことでござりますか。あの子は長崎にわたくしどもがおりました時、家が貧しゅう子だくさんでありましたのでうちへまいりました。気のつよい、きかん気のごついおなごでござりましたが、泣き虫でもありました……》

このような語り口で、野枝のことばかりでなく、野枝の夫であった辻潤《つじじゅん》や大杉栄についても印象的な挿話を語ってくれる。

さらに、瀬戸内寂聴は、魔子の妹であるルイズに会ったあとで、彼女たちが育った家に向かう。すると、そこで、彼女たちの叔母、つまり野枝の妹にあたるツタが遠方から来ているところに遭遇する。瀬戸内寂聴も「思いがけない幸運に息がはずんだ」と書いているが、まさにそれは「僥倖《ぎょうこう》」と言うにふさわしい出会いだったろう。

しかも、そのツタが、キチと同じように、実に魅力的な思い出を語ってくれるのだ。《姉と私は二つちがいの、女はふたりきりというきょうだいでしたから、子供の時から、何でもうちあけられて、まあ、かくしへだてのない仲でした。ええ、ええ、生きている間じゅう、迷惑のかけられ通しでした。相手のことなんか、子供の頃から一向にかまわないたちでしたからねえ……》

こうして語られる妹ツタの長い話は、叔母キチの話とともに、実はこの『美は乱調にあり』という作品の白眉《はくび》の部分であるとさえ言える。

それぞれがゆったりとした語り口の、すばらしい語り手であるということもある。だが、それだけでなく、主人公である伊藤野枝の人となりを鮮やかに語りつくしてもいるのだ。

「はっきりした顔だちのよか女」であった野枝。「本を読むのが大好き」だった野枝。「ろうそくを持ちこんで、押入れの中の壁や、襖《ふすま》の裏に張ってある古新聞を、すみからすみまで読みふけって」いた野枝。「自分さえ勉強できれば、母親が困ろうが、きょうだいが泣こうが平気」だった野枝。妹のツタが二十七歳も違う男と結婚すると、「いくら何だって、よくもまあそんなに年のちがった男に嫁《ゆ》くものだ。それでいいの」と軽蔑《けいべつ》したように言ったという野枝。それに対して、大杉栄と一緒になるとき、妹のツタが「よくもまあ、そんなに女が何人もいる男といっしょになる気になったもんだ。それでいいの」とお返しをすると、「女なんて、何人いたって平気よ。今にきっとあたしが独占してみせるんだから」と言い放った野枝。最初のうちは嫌っていたツタの亭主が、やがて「あんな女らしい女はまたといないね。ちょっとした心づかいや動作がじつに女らしい。男がみんな夢中になってくる理由がようくわかったよ」と言うようになる野枝……。

もしかしたら、それ以後の文章の中に、ここで語られている以上の「伊藤野枝像」は提出されていないとさえいえるかもしれないほどなのだ。

単行本化された『美は乱調にあり』は広く世に迎え入れられ、多くの読者を獲得したと聞いているが、その勝利は、なによりこの冒頭の一章によってもたらされたものではないかと私には思える。

かつて自らも多くのノンフィクションを書き遺《のこ》した小説家の開高健に、「ノンフィクションには運が必要だ」という言葉がある。

実際にノンフィクションの取材をしていると、偶然、思いもかけない人に出会ったり、まったく新しい資料が出現してきたりすることがよくある。あとになると、その偶然がなかったとしたら、この作品はこうはならなかっただろうと不思議に思えてくるほどのことが起きるのだ。

事実、瀬戸内寂聴も、こう述べている。

《伝記的な作品を連載中には、必ずといっていいほど、不思議に途中で、色々な資料が集まってくるものだ。私はその現象を、作中の故人たちの霊の意志が働いて、私に知らせてくれるのだというふうに、いつからか解釈している》

これは開高健の言う「運」を別の言葉で言い表したものであるだろう。

実際にそれが「霊の意志」であったかどうかは別にして、『美は乱調にあり』の第一章における瀬戸内寂聴は、間違いなく尋常ではない「偶然」と出会いつづけている。

そして、もうひとつ、『美は乱調にあり』の勝利は、その鮮やかなタイトルにもあったと思われる。

このタイトルのもとになっている言葉は、伊藤野枝の夫である大杉栄の文章の中にある。大杉は「生の拡充」という文章の中でこう書いていたのだ。《そして生の拡充の中に生の至上の美を見る僕は、この反逆とこの破壊との中にのみ、今日生の至上の美を見る。征服の事実がその頂上に達した今日においては、諧調はもはや美ではない。美はただ乱調にある。諧調は偽りである。真はただ乱調にある》

大杉は「美はただ乱調にある」と書いている。しかし、瀬戸内寂聴はそれを「美は乱調にあり」とした。大杉は、当時の文章家としては珍しいほど、口語的な文章を自在に書く人だった。だから、当然のごとく「ある」であって「あり」とは書かなかった。

しかし、タイトルとしては「美は乱調にあり」の方がはるかにシャープである。「美」と「乱調」という言葉が共鳴し合い、そこに美しくも不吉な物語が収められていることが暗示されるからだ。

2

第二章からは、伊藤野枝が福岡から東京に出てきて上野高等女学校に入り、そこで英語教師の辻潤に出会い、結婚に至るまでが述べられていく。

その間には、女学校の卒業と、親に決められてしまった最初の結婚という出来事があるのだが、野枝は強い意志で自分の人生を切り開いていくことで、辻潤との結婚を実現させてしまう。

やがて野枝は、「新しい女」のシンボル的な存在だった平塚らいてうと出会い、雑誌「青鞜《せいとう》」の編集部に飛び込んでいく。

そして、いよいよ、第五章からは、野枝にとって「運命の人」とも言うべき存在になる大杉栄との出会いが描かれていくことになる。

その契機となったのは、野枝が訳したエマ・ゴールドマンの『婦人解放の悲劇』だった。それが翻訳出版されると、大杉栄が自身の主宰する雑誌である「近代思想」に熱い思いのこもった評を書いたのだ。そして、その四カ月後、大杉は辻家を訪ねる。以後、二人に強い感情が交流するようになる。しかし、大杉にも妻がおり、野枝には辻潤という夫ばかりか子供までいる。最初はそれぞれの感情を抑えていた二人が、一歩踏み出すことになるのは、その一年半後に公園で「キッス」をしてからである。

野枝は、辻家を出ると乳飲み子を抱えて大杉の下宿先に走り、そのまま一緒に暮らすことになる。

だが、大杉には妻の保子《やすこ》だけでなく、神近市子《かみちかいちこ》という愛人がいた。ここに、大杉を真ん中に、保子と市子と野枝という三人の女の複雑な関係が生じることになる。大杉は「自由な恋愛」を三人に説き、いったんは全員に承諾させる。しかし、それが、結局は、最も年齢の若い野枝と一緒にいたいための方便に過ぎなかったと理解したとき、神近市子の怒りは深く重いものになっていく。そして、ついには、大杉を殺そうと考えるようになる……。

だが、この『美は乱調にあり』を読み進めながら、私は微妙な違和感を覚えていた。それは、伊藤野枝の伝記であるのにもかかわらず、その叙述が彼女の生涯という的を射貫くため、弓につがえられた矢のようにキリキリと絞られていくという感じを受けないところにあった。

どうしてだろう。どうやって終わらせるのだろう。そう思っていると、大杉栄が神近市子に刺されるという、俗に「日蔭茶屋事件」と呼ばれるところで、唐突に終わってしまうのだ。

《短刀を持った右手は鉄のように重かった。及び腰になり、市子は重い腕をひきあげ、刃をのばした。空洞になった軀《からだ》がたいそう軽かった。市子は葉が落ちるように全身で

石の首の真上へ刃ごと、ゆっくり落ちていった》

読み終わって、私は困惑した。

伊藤野枝の生涯を辿《たど》るためにこの『美は乱調にあり』という作品に付き従ってきていたものが、途中で不意に放り出されてしまったようだったからだ。

小説の世界ではこのような終わり方もあるだろうと思える。しかし、これは歴史的人物の伝記なのだ。かりにそのシーンで終わるにしても、その事件と伊藤野枝との関係がもっとはっきり書き込まれている必要がある。

たぶん、これはなんらかの事情で「途絶」してしまったものだったのだろう。

だが、なぜ、途中で終わってしまったのか。終わらざるを得なかったのか。その疑問を解くため、私は『諧調は偽りなり』を読んでみることにした。

私は『諧調は偽りなり』が『美は乱調にあり』とどのような関係にあるのか正確に知らないまま読みはじめたが、二つの作品の間に深い関係があることは明らかだった。書かれた時期に十六年という隔たりはあるが、『諧調は偽りなり』というタイトルもまた、先に引用した大杉栄の「生の拡充」から取られていたからだ。

大杉栄の「諧調は偽りである」の「である」を「なり」に変え、『諧調は偽りなり』とした。これもまた、まるで最初から続編として用意されていたかのように、見事に

『美は乱調にあり』と響き合った鮮やかなタイトルとなっている。

それにしても、どうして『美は乱調にあり』が途中で終わってしまい、十六年後に『諧調は偽りなり』が書かれなくてはならなかったのか。それについて、瀬戸内寂聴は『諧調は偽りなり』の中でこう説明している。

『美は乱調にあり』を書き進めていく中で、やがて書くことになるだろう伊藤野枝と大杉栄の「虐殺《ぎゃくさつ》」の首謀者である甘粕正彦について、さまざまな意見を聞かされた。そして、その多くが、彼は世間が思っているような悪人ではないというものだった。

《私はあまり次々押しよせてくる甘粕善人説を聞いているうちに、見定めていたつもりの甘粕像に黒い霧がかかってしまって、しっかりした影像が摑《つか》めなくなってしまった。どう払っても払っても霧は執拗《しつよう》に甘粕の影像をかくして晴れようとはしなかった。そんな曖昧《あいまい》な人間の殺人の現場が、どうしても私には書けそうにない。思いあぐねた末、私は一応前篇とするつもりで「美は乱調にあり」を手放したのであった》

もちろん、それもあっただろう。いや、とても重要なこととしてあっただろう。やがて、伊藤野枝と大杉栄は甘粕正彦という人物に「虐殺」されることになっている。その「下手人」の像が確定しないとすると、その事件の色彩まで曖昧になってしまう。

しかし、私には、『美は乱調にあり』が途絶してしまった理由は別にもあったような気がしてならないのだ。

3

恥ずかしいことに、私はこの『美は乱調にあり』を読むまで、伊藤野枝をめぐる人物についてほとんど知らなかった。重要な人物として登場してくる平塚らいてうや神近市子などの女性たちはもとより、伊藤野枝の夫となる辻潤や大杉栄なども、名前だけで、どのような人物なのか具体的には何も知らないも同然だった。

私には、明治の末に生まれ、大正から昭和の初期に青春時代を過ごした父親がいた。父は市井《しせい》の一読書人として本と酒を愛し、九十を前にして死んだ。その父は五十代と最晩年の二つの時期に俳句を作っていた。息子である私は、盛大な葬儀をするかわりに、その俳句を選んで遺稿集を出すことにした。なぜなら、父の親しかった友人や知人はほとんど死に、もし葬儀を執り行ったとしても、私や姉たちの知人が参列するだけの空疎《くうそ》なものになることは明らかだったからだ。

父の俳句は素人《しろうと》の作ったものとすぐわかるようなシンプルなものが多かった。しかし、それでも、父ほど近代文学についての知識を持っていない私には、意味がまったくわからないというものがいくつかあった。

漱石忌傘雨三汀澄江堂

調べてみると、澄江堂が芥川龍之介《あくたがわりゅうのすけ》の書斎の名前であり、一種の別名として通っていたらしいことや、三汀が久米正雄《くめまさお》の俳号、傘雨が久保田万太郎《くぼたまんたろう》の俳号であることなどがわかってきた。つまり、この句は、夏目漱石の周辺にいた人の俳号などを詠《よ》み込んで、「そうせきき、さんう、さんてい、ちょうこうどう」という語呂《ごろ》の面白さを楽しんでいる一種の戯《ざ》れ句だったのだ。

そうした句の中に、辻潤の名前が詠み込まれたものがあった。恐らくは、自分の青春時代のある時代の、ある瞬間を詠んだ句のように思われる。

辻潤の本出て春は逝《ゆ》かんとす

これも調べれば、辻潤が「ダダイスト」で、『浮浪漫語』などという本を出した著述家だということはわかる。しかし、どうして辻潤の本が出版されるということと春がゆくというのことが結びつくのか。あるいは、本の中に春が重要なイメージとして扱われているのかもしれない。だが、それも単に「行く」ではなく「逝く」としたのはなぜなのか。私にはよくわからなかった。

もちろん、『美は乱調にあり』を読んでも、父の句の意味が本当にわかったわけではないが、父が愛読していたに違いない辻潤という人物がようやく顔を持った著述家として立ち上がってくるように思えてきたのだ。

また、大杉栄の名も、父の口からよく出てきたものだった。それは、もし父が辻潤の熱心な読者だったとすれば、妻である伊藤野枝を奪った存在として、「因縁浅からぬ」関係があったからということにもなるが、父が大杉栄について語っていたのは、それとはまったく関係がないことだった。

「大杉栄は読んでおいた方がいいかもしれないね。大杉栄の『自叙伝』は日本で書かれた最高の自伝の一冊かもしれないよ」

あるいは、こうも言っていた。

「大杉栄ほど自由に日本語を書いた人はいないかもしれないな」

しかし、怠惰な私は、そう言われていたにもかかわらず、まったく読もうとしなかったのだ。そして、今回、『美は乱調にあり』に導かれるようにして『自叙伝』や

『日本脱出記』を読み、父の言っていた意味がようやくわかった。

私が『美は乱調にあり』を読んだあと、大杉栄を読むことにしたのは、なによりそこに描かれていた大杉栄が魅力的だったからだ。恋愛についてエゴイスティックな振る舞いをしていた大杉が、いったん伊藤野枝と所帯を持つと、彼女ばかりでなく生まれてきた子供たちにも無限のやさしさを発揮する。

いや、魅力的に描かれていたのは大杉栄だけではない。辻潤も大杉栄と同じく魅力的に描かれている。コキュ、つまり妻や恋人を別の男に取られてしまった者という立場にある辻潤が、しかし、にもかかわらず、正のエネルギーを放出する大杉栄と対照的に、負のエネルギーを秘めた魅力的な存在に思えてくるのだ。それは、伊藤野枝をめぐる女性たちの「平凡さ」と比べたとき、なおのこと際立《きわだ》って見えてくる。辻潤と大杉栄。この陰と陽の二人の男の前には、主人公の伊藤野枝すらも後景に退いてしまうようにさえ思えてくる。

野枝は、冒頭の一章で描かれた、生き生きとした姿以上の存在として登場してこない。瀬戸内寂聴が、野枝の生涯の足取りを説明しているときも、必要に迫られて書いているという印象すら受ける。それは、たぶん、野枝の書いた文章だけでなく、その人柄にも、強い共感が抱けなかったからではないかと思うのだ。

ここに、『美は乱調にあり』が途中で終わらなくてはならなかった理由のひとつ、それもかなり大きな理由のひとつがあったのではないかと思われる。恐らく、『美は乱調にあり』を書き進めていくうちに、作者である瀬戸内寂聴の内部で、物語の主役が微妙に変化しはじめてしまったのだ。

そこで、なかば強引に、「日蔭茶屋事件」で幕を下ろしてしまった。

しかし、瀬戸内寂聴には、『美は乱調にあり』は未完の作品だという意識がいつまでも残っていたに違いない。それが、十六年後に、同じ「文藝春秋」という舞台で『諧調は偽りなり』の連載を開始する理由だったのだろう。

もちろん、その十六年という歳月の間に、「続編」を書く準備は整っていたはずである。あらたにさまざまな人と会い、さまざまな証言を得ていたに違いない。しかし、重要なのは、この物語に対する作者としての立ち位置がはっきりと決まったことだったと思われる。意識していたかどうかわからないが、結果として『諧調は偽りなり』は、伊藤野枝の物語ではなく、野枝を含んだ「人々」の物語になった。そして、そのとき、最も重要な登場人物になったのは辻潤と大杉栄、とりわけ大杉栄だった。

文庫本で五百頁《ページ》を超える『諧調は偽りなり』は、「日蔭茶屋事件」から「虐殺事件」までを描いたものと言える。

4

「日蔭茶屋事件」は、その後の大杉栄と伊藤野枝の運命を大きく変える契機となる。これによって、大杉栄をめぐる女性のうちのひとりは消え、さらにはもうひとりも消えることになる。

この事件については、すでに『美は乱調にあり』でもあるていど書かれていたが、『諧調は偽りなり』では、事件の発端から神近市子の下獄まで、全三十九章のうちの十三章を費やして描いている。

その中で、最も印象的なのは、刺した直後の二人の行動について、当事者同士が異なる情景を描いているという点である。

大杉によれば、首を刺されたことに気がついて眼を開けると、襖の近くに神近市子が立っている。大杉が半身を起き上がらせると、「許して下さい」と言い残して逃げ去ろうとした。大杉は「待て」と言い、取り押さえようとした……。

しかし、神近によれば、大杉は眼を覚まし、傷口に手を当て、その手についたのが血だとわかると、声を上げたという。そして、《「ウワーッ」と言う魂の底から絞り出すような驚愕《きょうがく》と悲しみの声を挙げ、つづいて大声で泣き出した》ということになる。どちらが正しいのか。それについて瀬戸内寂聴は、「永遠の謎《なぞ》ではないだろうか」として、はっきりとは判定を下していない。

しかし、私には、どちらかと言えば神近の方が状況を正確に述べているように思える。その上で、大声で泣き出したという大杉に、むしろ人間的な魅力を覚える。

夜、隣に寝ているはずの女に首を刺される。それに気がついたとき、男はどう振舞うだろうか。

まず、驚きの声を挙げる。それは誰でもするだろう。次に、どうして女がこのような行為に走ったかを一瞬のうちに理解して、言葉を失うはずだ。そして、こんなことが起こるとは夢にも思わなかった自分の愚かさに絶望する。しかし、「驚愕」も「絶望」も、一般的には「泣く」という行為には結びつかない。そこを大杉は泣いたのだという。それは何に対する涙だったのだろうか。私には、それが死への恐怖や、自分を見失ったための涙だったとは思えない。女をそこまで追い込んでしまった自分の愚かさと、追い込まれてしまった女への哀れさがないまぜになり、「泣く」ことになったように思えてならないのだ。

ともあれ、その「日蔭茶屋事件」と、それから七年後の「虐殺事件」という出来事において、本質的な存在は大杉栄であって伊藤野枝ではない。「日蔭茶屋事件」は、大杉栄と神近市子との間で起きた事件であり、野枝は重要な関係者だが当事者ではない。「虐殺事件」では、大杉と共に野枝も殺されているが、それは大杉の妻、ないしは同行者として殺されているだけで、野枝が目的となったものではない。

つまり、『諧調は偽りなり』は、大杉栄が中心の作品と言ってよく、大杉栄とその時代、ないしは大杉栄とその周辺の人々という作品に変化してしまっているのだ。

それは、ひとつには、瀬戸内寂聴が、大杉と結婚してからの野枝に大きな内面の「ドラマ」が存在しないと判断したためであるように思われる。『諧調は偽りなり』における野枝は、恋の勝利者として、大杉の愛を全面的に信じる者として登場しつづける。

その大杉は家庭的な父親で、当時としては珍しいほど子供の面倒をよく見ており、おしめまで洗濯したという。野枝にとって「ドラマ」が起きようがなくなっていたのだ。

むしろその平安さに悩んで「試験的な別居」を申し出たりするほどだった。

《もっと、何か切羽つまった生き方をしなければ、野枝はしきりに自分をそそのかすものの正体がつかみきれないまま、一時的な試験別居を大杉に持ちだしたのだった》

だが、その煩悶《はんもん》も大杉のやさしさの中に溶けていってしまう。

心配の種があったとすれば、大杉が検束され、逮捕され、入獄することだったが、そうしたときにも、頻繁な手紙のやり取りで、むしろ互いの愛を確かめることができた。

たとえば、これが野枝の物語であるとすれば、大杉が中国からフランスに密出国し、パリで逮捕され、ラ・サンテ監獄に入ったという報を受けたときの彼女の思いが描かれなくてはならないだろう。大杉の入獄には慣れているとはいえ、異国での逮捕と入獄という初めてのことに、いつもとは異なる心の動かし方をしてもいいはずだからだ。

しかし、瀬戸内寂聴は、大杉のフランスでの行動に徹底的に付き従いながら、まったく野枝の内面には向かわない。

恐らく、ここに『美は乱調にあり』が日蔭茶屋事件で途絶した理由があったのだ。

瀬戸内寂聴は、『美は乱調にあり』を書き進めながら、主人公の伊藤野枝より、彼女をめぐる男たち、つまり辻潤や大杉栄の方により強い魅力を覚えるようになってしまった。瀬戸内寂聴は、その思いを『諧調は偽りなり』の中で、はっきりと告白している。《私は文学的にも心情的にも辻潤により多く魅力を感じるけれども、大杉の情熱と行動力には、また別種の魅力を感じずにはいられない。おそらく、私自身の中に、辻潤の虚無思想と同質のものを内包しており、体質的には、大杉の情熱と行動力が同居している矛盾を常にかかえているためであろう》

その思いを作品上で明確にするために、十六年という歳月と『美は乱調にあり』とは異なるタイトルが必要だったのだ。

もしこれが伊藤野枝の物語でありつづけるのなら、『続・美は乱調にあり』か『美は乱調にあり　第二部』でよかっただろう。『諧調は偽りなり』という異なるタイトルが必要だったのは、瀬戸内寂聴が共感を寄せる物語の主人公が変化したからだった。

大杉栄が関東大震災のどさくさにまぎれて伊藤野枝と甥《おい》の少年と共に殺されるのは、フランスを強制退去させられ、日本に帰還してからわずか二カ月後のことである。

瀬戸内寂聴は、その死の周辺を、犯人とされる甘粕正彦の軍事法廷の調書に拠《よ》りながら丹念に描いたあとで、最後にひとり残されるかたちとなった辻潤のもとに帰ってくる。大阪を放浪していた辻潤は野枝の死を悼《いた》む文章の中でこう書いている。

《野枝さんにどんな欠点があろうと、彼女の本質を僕は愛していた。先輩馬場《ばば》孤蝶《こちょう》氏は大杉君を「よき人なりし」といっているが、僕も彼女を「よき人なりし」野枝さんといいたい》

ある意味でこれは、作者である瀬戸内寂聴が、長い間つきあってきた伊藤野枝という女性に、辻潤の言葉を借りて贈った「別れの言葉」でもあったのかもしれない。

（二〇一〇年五月）

彼らの幻術　山田《やまだ》風太郎《ふうたろう》

1

私は小学五年生のときに時代小説を読みはじめた。

きっかけは、東映の時代劇映画『新吾十番勝負』を見て、それには「原作」というものがあるらしいと知り、読んでみたくなったからだった。その原作者が「川口松太郎」だったということはだいぶあとになって知ったくらいで、そのときは、ただ大川《おおかわ》橋蔵《はしぞう》主演の、一種の貴種流離譚《たん》である映画への興味が、貸本屋の時代小説の棚に向かわせてくれたのだと思う。

だが、その読書体験は、私を一気に「漫画」から「小説」の世界に押し出すことになった。以後、自分の嗅覚《きゅうかく》に従って、貸本屋の棚にある時代小説を読み進み、数年後にはほとんど読み尽くすことになる。

私の小学五年生のときというと、昭和三十三年から四年になるが、『新吾十番勝負』

が封切られたのは三十四年の三月であるらしい。だとすると、私が本格的に時代小説を読むようになったのは、五年生の春休みが終わり、六年生になってからの三十四年四月以降ということになる。

このとき、時代小説は、誰の、どのような作品が生み出されていたのだろう。調べてみると、昭和三十四年に刊行されたエポック・メーキングな時代小説と言えば、司馬遼太郎の『梟《ふくろう》の城』と山田風太郎の『甲賀忍法帖《にんぽうちょう》』である。私もその二冊をほぼ新刊で読んだ記憶がある。

三十三年四月、司馬遼太郎は「中外日報」という仏教界の新聞に「梟のいる都城」を連載する。同じく三十三年十二月、山田風太郎は光文社の「面白倶楽部《クラブ》」に「甲賀忍法帖」の連載を開始する。そして、翌年の三十四年には、それぞれが『梟の城』と『甲賀忍法帖』というタイトルのもとに単行本として刊行されることになるのだ。

司馬遼太郎の『梟の城』には昭和三十四年下半期の直木賞が与えられ、山田風太郎の『甲賀忍法帖』はそれ以後の「忍法帖」シリーズのさきがけとしてベストセラーになっていく。

このとき、二人の作家の世間的な位置づけは「伝奇作家」というものであり、ほとんど同じ地平にいると見なされていた。

もちろん、『梟の城』と『甲賀忍法帖』には大きな違いがある。しかし、当時は、相違点より、近似点の方が眼についていたのだろう。なにより、この二つの作品は、「乱波《らっぱ》」あるいは「忍び」と呼ばれる伊賀、甲賀の忍者を主人公にしていた。いまになれば、およそ異質と思われるこの二人の作家だが、しかし、少年の私の眼にもどこか似ていると受け止められていた。それは世間の「伝奇作家」というレッテルによってではなかった。当時の私にそのようなレッテルが眼に入ってくるはずもない。

似ている印象を受けたのは、時代小説には珍しく、どちらも明るく乾いていたからだった。主人公の性格にも、文章そのものにも、向日性、あるいは向陽性と言ってもよいものがあった。

たとえば、『梟の城』の主人公の葛籠《つづら》重蔵は、何度も「くすり」と笑う。普通、時代小説の主人公は「くすり」と笑ったりしないものだ。しかし、重蔵は、寝首を掻《か》くため忍び込んだ豊臣秀吉の寝所でも「くすり」と笑う。

《「とんだ、茶番であったな、秀吉」

重蔵は起《た》ちあがって、くすりと笑った》

あるいは、山田風太郎は性的なシーンを頻繁に登場させるが、それが妙な湿り気を帯びることはない。男女が絡《から》み合っても、どこかサーカスの舞台上のアクロバットのようにカラリとしている。

《青黴《あおかび》の浮いたようなウジャジャけた陣五郎のからだが、お胡夷《こい》のうえにのしかかった。

一分――二分――陣五郎の口から名状しがたいうめきがあがり、全身がはねあがった。まるで数千匹の蛭《ひる》に吸いつかれたように激痛を感じたのだ。のけぞりかえり、のたうちまわる陣五郎に、お胡夷はピッタリと膠着《こうちゃく》している。その美しい唇は、またも陣五郎ののどぶえに吸いついている。怪奇な姿態でからみあったまま、ふたりはごろごろところがったのである》

当時、貸本屋には、吉川英治《よしかわえいじ》、白井喬二《しらいきょうじ》、野村胡堂《のむらこどう》、子母澤寛《しもざわかん》というような大家の大長編やシリーズ物が棚の大きな部分を占めていたし、海音寺潮五郎《かいおんじちょうごろう》、山本周五郎、角田喜久雄《つのだきくお》、富田常雄《とみたつねお》、村上元三《むらかみげんぞう》というような作家の作品も多く眼についた。そして、昭和三十年代を通して、もっとも貸本屋の棚の占有率が高かったのが山手樹一郎《やまてきいちろう》だったのではないかと思う。

私は、新刊も旧刊もなく、そうした棚からまったくアトランダムに抜き出しては時代小説を読んでいったが、やがて、その中でも、強く吸引されるものと、そうではないものに分かれていった。

―とりわけ、少年の私が強く惹《ひ》きつけられたのは柴田錬三郎と五味康祐の作品群だった。中でも、柴田錬三郎の『剣は知っていた』と五味康祐の『薄桜記』は、それこそ何度繰り返し読んでも飽きなかった。そこには、のちの私が時代小説の本質と思うようになる二つの要素が濃厚に埋め込まれていたのだ。

その二つとは、運命は乗り越えようとして乗り越えられないものとしてあるという認識論と、士はおのれを知る人のために死すというヒロイズムだった。

そうした少年の感覚から言うと、司馬遼太郎と山田風太郎はどこか異質な印象を受ける作家だった。彼らの作品に登場してくる主人公たちは、士はおのれを知る人のために死す、というヒロイズムを決定的に欠いていたのだ。

だが、『梟の城』と『甲賀忍法帖』の新しさと面白さは少年の私にもわかっていたと思う。

だから、私は司馬遼太郎の時代小説を忠実に読んでいった。『梟の城』から『上方《ぜえろく》武士道』、『風の武士』、『風神の門』へという具合に。しかし、『竜馬がゆく』以降、司馬遼太郎から徐々に離れていくことになる。少年の私は、直感的に「これは時代小説ではない」と思ったのだ。私がふたたび司馬遼太郎を読むようになるのは二十代になってからである。

同じように、『江戸忍法帖』、『くノ一忍法帖』、『柳生忍法帖』と「忍法帖」シリーズの作品を何冊も読んでいったあとで、やはり山田風太郎からも離れることになった。飽きた、というはっきりした意識はなかったが、初期のころの興奮を失ってしまったのだ。そして、山田風太郎をふたたび読むようになるのは、二十代も後半になってからだった。

つまり私は、二十代になってはじめて、いわゆる「伝奇作家」ではない、単なる「小説家」としての司馬遼太郎と山田風太郎を発見することになったのだ。

2

だが、いま、あらためて司馬遼太郎と山田風太郎の作品を読み返してみると、同じような「伝奇作家」と見なされていた二人が、ある時点で、その道を大きく分けていくことになる二つの作品があったことに気がつく。同じ人物を主人公にした二つの時代小説。それは、果心居士《かしんこじ》という「幻術師」を描いた、司馬遼太郎の短編「果心居士の幻術」と、山田風太郎の長編『伊賀忍法帖』である。

この二つの作品の中に、司馬遼太郎があの司馬遼太郎になっていき、山田風太郎が、、より山田風太郎になっていく、その分かれ目の存在を認めることができるように思えるのだ。

ところで、果心居士とは何者なのか。

朝日新聞社が刊行している『日本歴史人物事典』によれば、《戦国・安土桃山時代の幻術師。永禄《えいろく》～天正年間（１５５８～92）に奈良、京都、大坂など近畿地方で名を知られた》ということになる。

果心居士に関する最も古い記述は、豊臣秀吉の治世である文禄年間までに成立した『義残後覚《ぎざんこうかく》』という書物に残されている。

この『義残後覚』における果心居士は、二つの術を使った者として書き留められている。ひとつは、顔の長さや形を自在に変えられる術であり、もうひとつは、声だけ残して姿を消すことができるという術である。

しかし、この果心居士は、顔を変えることで借金取りからうまく逃げられたり、兵法者の太刀筋からも自在に逃れられるという、どちらかと言えばユーモラスで羨《うらや》ましがられる存在として描かれている。

また、明治に入ると、小泉八雲《こいずみやくも》が石川鴻斎《こうさい》の書いた『夜窓鬼談《やそうきだん》』をもとに「果心居士の話」という短編を書くことになる。

ここにおける果心居士は、織田信長と明智光秀の前に引き出される者として描かれているが、そのどちらの場合も、絵にまつわる幻術を披露することになっている。信長は果心居士の所持していた地獄を描いた仏画の掛け軸を欲しがる。その意を体した家来が、果心居士を切り倒して掛け軸を奪い、信長に献上する。ところが、信長が広げさせてみると、そこには何も描かれておらず、ただの白紙になっている。

また、明智光秀の前に引き出された果心居士は、入牢《にゅうろう》中の自分を賓客として扱い、酒をふるまってくれた礼に、幻術を披露することになる。

その部屋には「近江《おうみ》八景」を描いた屏風《びょうぶ》があったが、果心居士が絵の中の小舟をさし招くと、みるみるこちらに近づいてくるばかりでなく、部屋中が水浸しになってしまう。そして、果心居士が近づいてきた小舟にひらりと乗り込むと、それはまた絵の中に戻っていく。すると、部屋の中の水は引き、同時に果心居士は消えていた、というのだ。

ここには、いずれの場合も、単に「幻術」を使う「幻術師」としての果心居士しか存在していない。

ところが、司馬遼太郎は、「果心居士の幻術」で、この果心居士に、ひとつの強烈な個性を与えることになる。

江戸時代の初期に医師の中山三柳《さんりゅう》が書いた『醍醐随筆《だいごずいひつ》』には、果心居士が、のちに「梟雄《きょうゆう》」と呼ばれる松永弾正《だんじょう》に招かれたときのことが記されている。

これを参照したはずの司馬遼太郎は、しかし、果心居士と松永弾正が初めて会う場面で、『醍醐随筆』にはないこんな会話を作り出している。「なぜ来た」と松永弾正が問うと、果心居士はこう答えるのだ。

《「わしは悪人がすきでな。悪人の手伝いをしてみたいと思うてきた。なんぞ役にたつことはないか」》

たとえば、司馬遼太郎の『竜馬がゆく』が、それ以後の「陽性の自由人にして実際家でもある」という坂本龍馬像を決定づけたように、「果心居士の幻術」のこの一行が、それ以後の「妖怪《ようかい》じみた悪の権化《ごんげ》」、いわばメフィストフェレスとしての果心居士像を導くことになったのは間違いないと思われる。

実は、山田風太郎の果心居士像も、この台詞《せりふ》の延長線上にあると言えなくもない。実際、『伊賀忍法帖』の中にも、時代小説であるにもかかわらず、「メフィストフェレス」という言葉が出てきて驚かされる。なんと、最初の章のタイトルが「戦国のメフイストフェレス」というのだ。

だが、山田風太郎の『伊賀忍法帖』は、司馬遼太郎の「果心居士の幻術」が終わったところから始められていると言ってもいい。あるいは、山田風太郎は、司馬遼太郎が筆を措《お》いたところから新たに物語を展開していると言ってもよいのだ。勝負はその先にあるとでも言うように。

まさに、『伊賀忍法帖』では、最初の章である「戦国のメフィストフェレス」の冒頭の数ページで、司馬遼太郎が拠《よ》っている『虚実雑談集《きょじつぞうだんしゅう》』や『玉箒木《たまばはき》』について述べてしまい、さて、というかたちで破天荒な物語を繰り広げていく。

ここで、山田風太郎は、司馬遼太郎の提示したメフィストフェレスとしての果心居士にもうひとつの性格を与えている。

《さて、右のような数々の記述から、この奇怪な人物の性格を想像するのに、ひとつ思いあたることがある。

それは、この大幻法者が、なかなか人がわるく、皮肉屋で、そして途方もないいたずら好きな人間であったらしいということである》

つまり、果心居士はメフィストフェレスであると同時に、悪戯《いたずら》っ子のような存在でもあったというのだ。

山田風太郎の『伊賀忍法帖』の主人公は若く美しい笛吹城太郎である。しかし、敵役《かたきやく》の果心居士こそが真の主人公だと言えなくもない。弟子である七人の「根来《ねごろ》法師」が全編で悪行のかぎりを尽くすからというだけでなく、彼の占いが物語の方向を決めることになるからでもある。

実際には、果心居士は物語の最初と最後にしか出てこない。だが、最後の最後に、剣聖と呼ばれる上泉伊勢守《かみいずみいせのかみ》に対し、自ら「果心——敗れたり」と叫ぶ果心居士の姿は感動的ですらある。そこには、敗れる者の無残さと美しさまでもが描かれている。それは、山田風太郎が果心居士を徹底したメフィストとしては描いていないからでもある。

司馬遼太郎の『梟の城』における葛籠重蔵が「くすり」と笑うように、山田風太郎の果心居士は「ふぉっ、ふぉっ、ふぉっ」と笑うのだ。「ふぉっ、ふぉっ、ふぉっ」と笑う老人が、冷酷無残でありつづけることはできない。最後には、意外な大逆転が待っている。

3

司馬遼太郎の「果心居士の幻術」は、いわば、果心居士とは何者だったのかという問いと、戦国時代から江戸時代にかけて残されている記録上の果心居士像を並べていくことで、一編の小説に仕立て上げたものであると言える。

やがて司馬遼太郎は、渉猟《しょうりょう》した資料によって得られた直感的なイメージを、逆にその資料を「恣意《しい》的」に用いることで補強していくという方法を採るようになるが、「果心居士の幻術」は、その先駆的な作品になったのではないかと思われる。そこでは、いかにも、ただ存在している資料を「あるがままに」並べているにすぎないという見事な用い方によって、読者に、提出されたイメージが司馬遼太郎によって「作られたもの」ではなく、「歴史そのもの」だと誤解させるほどのものになっているのだ。

直木賞を受賞して間もない頃に書かれたこの「果心居士の幻術」では、まだ「作る」という部分が大きく残されていた。しかし、やがて、それ以降の作品では、「作る」部分がしだいに少なくなっていく。それと共に、司馬遼太郎はこれまでの時代小説のファンだった読者を失い、それ以上に広範な「普通の読者」を獲得することになる。

もちろん、山田風太郎も資料を用いることはある。それによって、『伊賀忍法帖』なら「平蜘蛛《ひらぐも》の釜《かま》」について、あるいは「根来法師」についての解説を加えることがある。しかし、それも、ストーリーを前に進めるときに有効な場合に限られている。物語にスピードが与えられるときに限られているのだ。

司馬遼太郎は説明のための説明をする。と言うのが言いすぎなら、幹から枝に向かい、また幹に戻るというような記述を繰り返すと言っておこうか。その記述法が、無味乾燥な「歴史」にどこか芳醇《ほうじゅん》な香りや味を増すものという印象を与え、日本の男性、とりわけ勉強好きで勤勉なホワイトカラーに好まれたのだ。本を読むことがどこかで学ぶということにつながることを喜びとするような人々に。

二人が描いた果心居士のうち、どちらをリアルな存在と思うかと言えば、もちろん司馬遼太郎の果心居士だろう。しかし、どちらを魅力的な存在と思うかと言えば、山田風太郎の果心居士になるかもしれない。

司馬遼太郎は最大限の「リアルさ」を用いて、物語を織っていこうとする。そこに自分好みの文様が浮かぶように。山田風太郎は最低限の「リアルさ」を借りて、物語を飛翔《ひしょう》させようとする。荒唐無稽《こうとうむけい》であることを恐れずに。

その両者の特徴がもっとも際立《きわだ》っているのが、『醍醐随筆』に残されている挿話の扱い方である。

そこには、果心居士が松永弾正の眼の前で行った「幻術」の詳細が描かれている。

果心居士は、松永弾正の家臣を立ち退かせ、部屋の灯《あか》りを消させると、前庭に向かう。すると、月は雲に隠れ、小雨が降りだし、風の音が寂しく鳴り出す。耐え難いほどの寂しさを覚えた弾正が前庭に眼をこらすと、髪の長い痩《や》せた女が歩み寄ってくる。

「誰だ」

弾正が声を上げると、女が言う。

「今夜は、寂しげなご様子ですね」

それはまさしく五年前に死んだ妻の声だった。

「止《や》めろ！」

弾正が叫ぶと、すっと果心居士が現れる。すると、もう、そこには雨も降っていなければ、月を隠す雲もなくなっていた……。

この挿話を、司馬遼太郎は書いていない。果心居士が松永弾正と初めて会った劇的なシーンを描いているにもかかわらず、である。その理由は、この弾正を豊臣秀吉に置き換えて記している『虚実雑談集』の挿話をクライマックスで使おうとしたからなのだ。

江戸の中期、瑞竜軒《ずいりゅうけん》という講釈師が書いた『虚実雑談集』では、現れるのは「妻」ではなく、秀吉が不実を働いた「女」ということになっている。つまり、弾正の場合より心理的な恐ろしさが倍加するようになっているのだ。

しかし、司馬遼太郎は、その『虚実雑談集』の挿話をも、微妙に変形している。本来、『虚実雑談集』では、恐ろしい「女」を現前させてしまったために、果心居士は秀吉の怒りを買って磔《はりつけ》にかけられることになる。だが、槍《やり》で突かれようとしたまさにその瞬間、みるみる小さくなり、姿が消え、鼠《ねずみ》が磔の上に駆け登る。すると、空から鳶《とび》が舞い降り、その鼠をつかんではるか彼方《かなた》に飛び去ってしまった、ということになっているのだ。

ところが、司馬遼太郎はその最後をこう変えた。

秀吉が腰をおろすとともに亡霊は消えた。燐光《りんこう》も消えた。——それとほとんど同時であった。果心の肉体は、骨を断ち割るぶきみな音とともに板敷の上にころがっていたのである。場所は大広間ではない。果心が斬殺《ざんさつ》された場所は、なんと、大広間からはるかに離れた納戸《なんど》の部屋であった。果心はいつの間にか大広間を抜け出、納戸にひそんで法力を使っていたのである。斬《き》った男は、順慶《じゅんけい》がこの日、秀吉の許しをえて連れてきていた和州大峰山《おおみねざん》の修験者《しゅげんじゃ》だったという。名を玄寛《げんかい》といった。果心とはかねて顔見知りであり、どういうわけか、かねて果心が苦手にしていた者だったといわれる。果心の術が、この男のもつ何らかの術に破れたということになるわけである。玄寛のことは、それ以外に伝わっていない。

その変形は、最後をあまりにもフィクショナルにすることで、大切な「リアルさ」を失ってしまうことを恐れたためであると思われる。

一方、山田風太郎の『伊賀忍法帖』でも、松永弾正が重要な人物として登場してきているにもかかわらず、早い時期にその面前で繰り広げられたはずの幻術の詳細は意図的に書かれていない。

それは、『醍醐随筆』に記されている幻術のシーンを物語のクライマックスで用いたかったからなのだ。そして、それもまた、そのまま使われてはいない。

本来、松永弾正が見るのは五年前に死んだ妻という「過去」である。ところが、『伊賀忍法帖』では、十五年後の「未来」が現前することになっているのだ。

「誰かある。誰かある。――」

火炎のなかで、弾正は絶叫した。

人々はすぐ眼前に、ズタズタに斬り裂かれた鎧《よろい》を着、黒煙にいぶされて逃げまどう弾正の姿を見ながら、身うごきもできなかった。と、その炎をついて、ひとりの武者があらわれた。彼は刃をひっさげて、弾正を追った。弾正はふりむいて、これを迎え討った。炎の中の地獄のような死闘であった。その武者の刃が、ついに弾正を袈裟《けさ》がけに斬ったとき、武者のかぶとが飛んでその顔があらわれた。火光に彩《いろど》られたその顔は、両眼をかがやかせ、口いっぱいにひらいて絶叫していた。

弾正、覚えたか。笛吹城太郎、十五年前なんじのために殺され、苦しめられたふたりの女の敵をいま討つぞ。――

――この光景を――じぶん自身の姿を、笛吹城太郎と松永弾正は、冷たい地上に座って、凝然と見つめていたのである。

私には、二人の作家の、この資料の変形のさせ方の違いが、つまり彼らの、虚構化という「幻術」の用い方の根本的な違いが、小説家としての「それから」を大きく分けていくことになったような気がしてならないのだ。

山田風太郎は、「幻術」に殉じた結果、司馬遼太郎が歩み去った「伝奇小説」というフィールドに、死ぬまで踏みとどまることになった。

（二〇一〇年十一月）

作家との遭遇――あとがき

私は小学校の六年生くらいから小説を読みはじめた。そして、中学、高校と進むにつれ、自分の嗅覚《きゅうかく》に従って、さまざまな作家の本を読み漁《あさ》った。

しかし、ひとりの作家のすべてを読むというような読み方をしたのは、大学生になってからのアルベール・カミュが最初だったと思う。

大学の四年になって、いざ卒論を書かなくてはならないということになったとき、経済学部の学生だった私にとって、書くべきテーマの方向は三つほどあった。

ひとつは、ゼミナールで大学三年の一年をかけて講読しつづけてきたマルクスの『資本論』を同じマルクスの「経済学―哲学手稿」を軸に読み直していくという試み、ひとつは、大学四年のゼミでやろうとして果たせなかった日本経済の現状分析をするという企て、そしてもうひとつは、ゼミの仲間とは離れて単独で進めていた「日本における社会主義と超国家主義」の研究を精密化するという作業。とりわけ三つ目のテーマは、ある会で発表したスケッチ風の論文に眼を通してくれていた指導教官が強く勧めていたものだった。

だが、そのときの私には、どれも自分とは遠いテーマのように思えてならなかった。資本論？　日本経済分析？　社会主義と超国家主義？

こんなものが、二十一歳の自分にとって六カ月も七カ月もかけて取り組むべきテーマなのだろうか……。

何を読んでも虚《むな》しいばかりで、茫然《ぼうぜん》と無為な日々を送っていた当時の私に、唯一《ゆいいつ》、胸の奥まで届いてくるようだったのがカミュの著作、とりわけ初期のエッセイ群だった。

私は、ふと、これについてなら書けるかもしれないと思った。

そこから、本格的にカミュを読みはじめたのだ。手に入るだけのものをすべて集め、徹底的に読み込んでいく。そして、ひとつのイメージを感受したところで、曖昧《あいまい》なまま揺れ動いているものを言語化していく。それは私にとって初めてのスリリングな経験だった。

その意味では、私にとって最初に「遭遇」した作家は、やはりアルベール・カミュということになるのかもしれない。

大学を出て、偶然のことからフリーランスのライターとなった私に、多くの作家と「遭遇」する機会が訪れた。

まず、新宿や銀座の酒場で、生身の作家と「遭遇」することになったのだ。

作家やジャーナリストや編集者が集まるような酒場は、多くが小さな空間にひしめくようにして飲むというようなところであるため、居合わせればどうしても言葉を交わすようになる。そのようにして、自分が読者だった作家と何人も「遭遇」することになった。

酒場で出会い、親しくなった作家も少なくないが、実際には言葉を交わさなかった作家の記憶も鮮やかに残っている。

銀座では、「きらら」と「まり花」という小さな酒場が私にとっての「学校」だったが、ある日の夕方、早い時間に、そのうちの一軒である「きらら」に行くことがあった。たぶん、誰かとの待ち合わせがあったのだろう。

店に入っていくと、他に誰も客のいないカウンターでひとりの老紳士が飲んでいた。スーツ姿で、背筋の伸びた白髪のその老紳士は、酒場のマダムである清原さんと、ひとこと、ふたこと、短く言葉を交わしながら、静かにハードリカーを飲んでいた。

それが一杯目だったのかすでに二、三杯飲んだあとなのかはわからなかったが、そのグラスが空になると、老紳士は立ち上がり、清原さんに挨拶《あいさつ》をし、私に軽く目礼をして、店を出ていった。

外廊下にあるエレベーターのところまで見送って戻ってきた清原さんに、私は訊《たず》ねた。

「どなた？」

するとと、清原さんが驚いたように言った。

「ご存じなかった？」

「うん」

すると、清原さんが言った。

「源氏《げんじ》鶏太《けいた》先生」

かつて私が少年だった頃、近くにあった貸本屋で、その棚の多くを占領していたのは、時代小説の山手樹一郎と現代小説の源氏鶏太だった。二人とも、批評家には、何を読んでも金太郎飴《あめ》のようだと揶揄《やゆ》されながら、実に多くの読者を摑《つか》んでいた。だが、その源氏鶏太も、花形の「流行作家」の時代は過ぎ、私にはまだ存命中だとは思ってもいなかったほど遠い存在になっていた。

しかし、その日、酒場で「遭遇」した佇《たたず》まいの美しさを見て、あらためて源氏鶏太を読み直さなくてはと思ったものだった。

フリーランスのライターとなった私が、作家と「遭遇」する場は「酒場」以外にもうひとつあった。「文庫」の解説を書くという機会を与えられるようになったのだ。

通常、文庫の解説には、その作家との交遊のちょっとした思い出話や、さらっとした印象記のようなものが求められているということはわかっていた。しかし、私はそれをひとりの作家について学ぶためのチャンスと見なした。具体的には、あらためて全作品を読み直し、自分なりの「論」を立ててみようと思ったのだ。そのため、執筆する原稿の枚数も、通常の解説の域を超えるような長さをこちらから要求し、それを受け入れてくれるものにだけ書かせてもらうことにした。四百字詰めで十数枚というのが依頼されるときの平均的な枚数だったが、私は二十枚から三十枚、中には四十枚近くまで書かせてもらったこともあった。

それを書き上げることには、毎回毎回、カミュについての卒論を書いていたときと同じような昂揚感《こうようかん》があった。もしかしたら、そうした解説を書くことで、常に私は「遭遇」した作家についての短い「卒論」を書いていたのかもしれない。

かつて『路上の視野』や『象が空を』に収載したものを含め、新たに編み直したこの二十三編は、私がさまざまな分野の作家について正面から書いていこうとした文章の、ほとんどすべてである。なぜ彼らだったのか。それもまた一種の偶然だったが、ただ、彼らの多くは、私と似て、どこか「境界線上」に身を置いている作家であったような気がする。この本のタイトルを、最後まで『作家との遭遇』にしようか『境界線上の作家たち』にしようか迷っていたのも、それが理由だった。

村上春樹に「植字工悲話」というエッセイがある。

自分ムラカミは原稿の締め切りを守る方だが、それは印刷所に勤める活字の植字工の家庭でこんな会話をされたくないからだ、というようなことを面白おかしく書いている。

《「父ちゃんまだ帰ってこないね」なんて小学生の子供が言うと、お母さんは「父ちゃんはね、ムラカミ・ハルキっていう人の原稿が遅れたんで、お仕事が遅くなって、それでお家に帰れないんだよ」と説明する。

「ふうん、ムラカミ・ハルキって悪いやつなんだね」》

これを読んだとき、笑いながら、しかし同時に、私の胸はまさしく「ドキン」と音を立てたような気がした。

私はかなり遅筆で、締め切りを過ぎてもまだ呻吟《しんぎん》しているというようなタイプの書き手だった。そのときの私には編集者のことは視野に入っていたが、どこかに「よりよい原稿にするためなら許してもらえるはずだ」という甘えのようなものがあったにちがいない。

だが、印刷所で働いている人のことまでは深く考えたことがなかった。そう言われれば、私が締め切りを遅らせることで、編集者ばかりでなく、印刷所で働く人たちに迷惑をかけるのだということを、あらためて思い知らされたのだ。

以来、私は原稿の締め切りを守るようになり、遅れるということをほとんどしなくなった。

村上春樹のエッセイは、少なくともひとりの物書きに対して、締め切りの期限を守るという点において「真っ当」な人間にする力があったということになる。

しかし、にもかかわらず、この『作家との遭遇』に収められた作家論を書いていく過程で、机にその作家の著作を山のように積み上げ、片端から読んでいき、どのように論を組み立てていくか、何日も何日も考えつづけたあげく、結果的に締め切りを延ばしてもらわざるをえなくなるということが続いた日々を懐《なつ》かしく思わないわけではない。

可能なかぎり大きく網を広げ、それを打ち、力いっぱい引き絞り、できるだけ大きな獲物《えもの》を引き上げようともがいていた日々。確かに、そうしなければ、引き上げ切れない獲物もなくはなかったのだ。

この本の表紙に使わせてもらったのは、『銀河を渡る』のときと同じく、藤田《ふじた》嗣治《つぐはる》の「小さな職人たち」シリーズの中の一枚「印刷工」である。

もし、こんないたいけな少年が印刷してくれているのだと知ったら、どんな遅筆の作家でも絶対に締め切りに間に合わせようとすることだろう。言うまでもなく、絵の中の少年がやっているようなプレス作業はもちろんのこと、村上春樹のエッセイに出てくるような印刷所の植字作業も、いまはすでに遠くなってしまっているのだが。

二〇一八年十月

沢木耕太郎

遭遇の仕方——文庫版あとがき

単行本の『作家との遭遇』のあとがきでは、私における作家との遭遇の仕方についてこんなことが述べられている。

作家との遭遇は、普通に本を読むということだけでなく、卒論を書くということでも、酒場で出会うということでも、また文庫の解説を書くということによっても行われている、と。

しかし、そこでは、もうひとつ、大事なものを書き忘れていた。作家との遭遇に導いてくれている場としては、対談の席、というのがあったのだ。

かつて年長のある作家にこんな質問をされたことがある。

「一年にどのくらい対談をする？」

「一度か、二度くらいです」

私がそう答えるとびっくりされた。

「そんな少ないのか！」

その作家によれば、週刊誌で連載対談をしている頃は、年に七、八十回くらいやっていただろうと言う。

それを聞いて、今度は私が驚く番だった。

「そんなにですか！」

私が驚いたのは、単にその数だけでなく、その作家がいかにも対談のようなものを面倒臭がりそうな雰囲気の人だったからだ。

その「年長のある作家」とは吉行淳之介である。

吉行さんによれば、講演のように不特定多数の相手に向かって話す場に出るのは億劫《おっくう》だが、一人とか二人とか相手の眼を見て話せるのならさほど苦にならないという。

私はと言えば、別に対談が嫌いというのではないが、約束をすると、ついそのための準備を完璧《かんぺき》にしようと思ってしまい、果てしなく時間が取られるのが困るのだ。

しかし、たとえ年に一度か二度でも、何十年とこの仕事を続けていると、それなりの数になってくる。

そこで、対談集を出そうということになり、これまで五冊が刊行されている。

一冊は、旅についての対談を集めた『貧乏だけど贅沢《ぜいたく》』であり、残りの四冊は、それ以外の対談を集めてシリーズとして出すことになった『セッションズ』である。一冊に十編の対談が収められているので、全部で五十編ということになる。

私は、その対談集において、各対談の冒頭のページに、相手に関する短い紹介文を書くことにした。読み返してみると、それらはすべて、対談という場で遭遇した、特色ある表現者たちについての、ひと筆描《ふでが》きのスケッチになっているような気がしないでもない。

たとえば、吉本隆明との対談「肉体・異国・青春」の冒頭に付した紹介文は次のようなものだった。

よしもと・たかあき

一九二四年、東京生まれ。詩人・批評家。

吉本さんとは東銀座の寿司屋《すしや》の二階で対談した。

どうして東銀座だったかと言えば、対談の「勧進元」がマガジンハウスと名前を変える前の平凡出版であり、その社屋が東銀座にあったからである。つまり、会社の近くでやったということになるが、理由はもうひとつあった。吉本さんの生まれ育ったのは月島であり、できればその近くでやりたいという編集者の思いもあったのだ。

私は吉本さんと話しているあいだ中、なんとなく自分の父親のことを思い浮かべていた。私の父親もその近くの築地で生まれ育ったが、話し方がよく似ていたからだ。少し伏し目がちに、しかし相手の言うことに耳を傾け、いざ自分が何かを述べようとするときは、できるだけ正確に言葉を発しようと努力する。それは威勢のよい口調の下町の男とは異なる、もうひとつの下町の男の佇《たたず》まいだったのかもしれない。

これは、一九八〇年の一月、なんとあの「平凡パンチ」に三号に渡って分載されたものである。吉本さんが「平凡パンチ」に出ているということで、当時、ちょっとした話題になったものである。

二〇一二年、没。

一度は、この文庫版の『作家との遭遇』に、その五十のスケッチを収録しようかとも考えた。それらもまた、私の「作家論」であることに違いはなかったからだ。しかし、そのスケッチは、やはり対談の前に置かれているから意味があるもので、それだけ取り出しても、あまりにも淡いものになりすぎてしまうように思えてきた。

そこで、ここに収めることは断念したが、もしかしたら、いつの日にか、そのスケッチから出発して、また新たな作家論が生まれるかもしれない。そのときは、私における作家との遭遇の仕方の第五のものとして、対談の席、というのが晴れて提示できることになる。

なお、単行本のあとがきには「二十三編」が収録されていると記されているが、この文庫版に収録されているのは「十九編」である。残りの四編は、P・R・ロスワイラー、トルーマン・カポーティ、ゲルダ・タロー、アルベール・カミュという、四人の外国人作家についての文章だ。とりわけ私の大学の卒業論文だった「アルベール・カミュの世界」が長大で、それを含めた外国人作家についての文章を一緒に収録すると、文庫としてはあまりにも分厚くなりすぎてしまう。そこで、この文庫版の『作家との遭遇』は、日本人作家だけを収録することにし、外国人作家についての文章は、別の機会に文庫化させてもらうことにした。

お許しいただきたい。

沢木耕太郎

この作品は二〇一八年十一月新潮社より刊行された。

井上ひさし著
私家版日本語文法
一家に一冊話題は無限、あの退屈だった文法いまいずこ。日本語の豊かな魅力を爆笑と驚愕のうちに体得できる空前絶後の言葉の教室。

井上ひさし著
吉里吉里人（上・中・下）
日本SF大賞・読売文学賞受賞
東北の一寒村が突如日本から分離独立した。大国日本の問題を鋭く撃つおかしくも感動的な新国家を言葉の魅力を満載して描く大作。

山本周五郎著
樅ノ木は残った（上・中・下）
毎日出版文化賞受賞
仙台藩主・伊達綱宗の逼塞。藩士四名の暗殺と幕府の罠――。伊達騒動で暗躍した原田甲斐の人間味溢れる肖像を描き出した歴史長編。

山本周五郎著
青べか物語
うらぶれた漁師町・浦粕に住み着いた私はボロ舟「青べか」を買わされた――。狡猾だが世話好きの愛すべき人々を描く自伝的小説。

山本周五郎著
赤ひげ診療譚
貧しい者への深き愛情から〝赤ひげ〟と慕われる、小石川養生所の新出去定。見習医師との魂のふれあいを描く医療小説の最高傑作。

田辺聖子著
姥ざかり
娘ざかり、女ざかりの後には、輝く季節が待っている――姥よ、今こそ遠慮なく生きよう、76歳〈姥ざかり〉歌子サンの連作短編集。

山口　瞳著
礼儀作法入門

礼儀作法の第一は、「まず、健康であること」。作家・山口瞳が、世の社会人初心者に遺した「気持ちよく人とつきあうため」の副読本。

山口　瞳
開高　健著
やってみなはれ みとくんなはれ

創業者の口癖は「やってみなはれ」。ベンチャー精神溢れるサントリーの歴史を、同社宣伝部出身の作家コンビが綴った「幻の社史」。

色川武大著
うらおもて人生録

優等生がひた走る本線のコースばかりが人生じゃない。愚かしくて不格好な人間が生きていく上での〝魂の技術〟を静かに語った名著。

色川武大著
百

川端康成文学賞受賞

百歳を前にして老耄の始まった元軍人の父親と、無頼の日々を過してきた私との異様な親子関係。急逝した著者の純文学遺作集。

吉村　昭著
羆（ひぐま）

愛する若妻を殺した羆を追って雪山深く分けいる中年猟師の執念と矜持——表題作のほか「蘭鋳」「軍鶏」「鳩」等、動物小説5編。

吉村　昭著
破　獄

読売文学賞受賞

犯罪史上未曽有の四度の脱獄を敢行した無期刑囚佐久間清太郎。その超人的な手口と、あくなき執念を追跡した著者渾身の力作長編。

小林秀雄講義
国民文化研究会
新潮社編

学生との対話

小林秀雄が学生相手に行った伝説の講義の一部と質疑応答のすべてを収録。血気盛んな学生たちとの真摯なやりとりが胸を打つ一巻。

小林秀雄著

ゴッホの手紙

読売文学賞受賞

ゴッホの絵の前で、「巨《おお》きな眼」に射《い》竦《すく》められて立てなくなった小林。作品と手紙から生涯をたどり、ゴッホの精神の至純に迫る名著。

小林秀雄著

近代絵画

野間文芸賞受賞

モネ、セザンヌ、ゴッホ、ゴーガン、ルノアール、ドガ、ピカソ等、絵画に新時代をもたらした天才達の魂の軌跡を描く歴史的大著。

瀬戸内寂聴
瀬戸内晴美著

わが性と生

私が天性好色で淫乱の気があれば出家は出来なかった――「生きた、愛した」自らの性の体験、見聞を扮飾せずユーモラスに語り合う。

妹尾河童著

河童が覗いたヨーロッパ

あらゆることを興味の対象にして、一年間で歩いた国は22カ国。泊った部屋は115室。旺盛な好奇心で覗いた〝手描き〟のヨーロッパ。

妹尾河童著

河童が覗いたインド

スケッチブックと巻き尺を携えて、〝覗きの河童〟が見てきた知られざるインド。空前絶後、全編〝手描き〟のインド読本決定版。

作《さっ》家《か》との遭《そう》遇《ぐう》

新潮文庫　さ－7－26

令和四年五月一日発行
令和六年四月二十日五刷

著者　沢《さわ》木《き》耕《こう》太《た》郎《ろう》

発行者　佐藤隆信

発行所　株式会社　新潮社

郵便番号　一六二―八七一一
東京都新宿区矢来町七一
電話　編集部（〇三）三二六六―五四四〇
　　　読者係（〇三）三二六六―五一一一
https://www.shinchosha.co.jp

組版／新潮社デジタル編集支援室
価格はカバーに表示してあります。

乱丁・落丁本は、ご面倒ですが小社読者係宛ご送付ください。送料小社負担にてお取替えいたします。

印刷・錦明印刷株式会社　製本・錦明印刷株式会社

ISBN978-4-10-123534-9 C0195